AF307834

Stefan S. Kassner hängte im Oktober 2022 seinen Arztkittel an den Nagel und lebt seitdem als hauptberuflicher Autor mit seinem Hund Goliath auf der Sonneninsel Mallorca. Im Oktober 2020 wurde er in die Agentur Ashera aufgenommen und veröffentlich seit 2021 Romane, Novellen und Kurzgeschichten in unterschiedlichen Genres, unter anderem Thriller, Krimi, Cosy Crime, Familiengeheimnis, Familiensaga, (Gay-) Romance, (düstere) Phantastik, Horror, Steampunk und Humor. Dies prägte auch den Slogan des Schriftstellers: „Vielseitigkeit hat einen Namen – Stefan S. Kassner.“
Weitere Informationen zum Autor und seinen Projekten unter www.stefan-kassner.de.

STEFAN S. KASSNER

MORD UND MOHNKUCHEN

Erstausgabe November 2023

Copyright © 2023 dp Verlag, ein Imprint der
dp DIGITAL PUBLISHERS GmbH
Made in Stuttgart with ♥
Alle Rechte vorbehalten

Mord und Mohnkuchen

ISBN 978-3-98778-358-6
E-Book-ISBN 978-3-98637-778-6

Covergestaltung: Anne Gebhardt
Umschlaggestaltung: ARTC.ore Design
Unter Verwendung von Abbildungen von
stock.adobe.com: © siriratsavett88, © Abdul , © Delphotostock
shutterstock.com: © Wirestock Creators
elements.envato.com: © PixelSquid360, © alexdndz, © Ramzehhh
Lektorat: Daniela Guse
Satz: dp DIGITAL PUBLISHERS GmbH
Druck und Bindung: Books on Demand GmbH, Norderstedt

*Für all die ‚Freaks‘ da draußen
Teilt mit uns, was ihr habt.*

*Anscheinend gibt es von allem etwas in der Natur,
und Freaks sind überall.*
*Samuel Beckett (irischer Schriftsteller und Literatur-
nobelpreisträger 1906 – 1989)*

*„Knusper, knusper, knäuschen, wer knuspert an mei-
nem Häuschen!"*
Aus: Grimms Märchen, Hänsel und Gretel

Vorwort

Als Kind faszinierten mich die Hexe aus Hänsel und Gretel und ihr Pfefferkuchenhaus. Die süße Verführung, die nicht nur Bauchschmerzen verursacht, ist bis heute für mich Sinnbild unserer Welt, in der häufig Schein und Sein weit auseinanderliegen.

In Zeiten von Social Media und Co wird viel Augenmerk darauf gelegt, ein Bild von einer Person oder einem Produkt zu kreieren. Und obwohl wir wissen, dass uns Pfefferkuchenhäuser präsentiert werden, hinter deren Fassade etwas anderes, manchmal kaum etwas, steckt, können wir es nicht lassen, uns die Finger danach zu lecken, und möchten wie Hänsel und Gretel ein Stück herausbrechen, um davon zu naschen.

Dabei steckt in jedem von uns ein zuckersüßer Kern, der nur entdeckt werden muss. Wie ein Kuchen mit flüssiger Schokolade gefüllt oder, in einigen Fällen, ein Zwieback mit Karamellfüllung.

Diese Überlegungen sind für mich das Backpulver der Poison Bakery: Der Wunsch, dass jeder Leser seinen zuckersüßen Kern entdeckt.

Denn der ist es, der jeden von uns besonders macht.

Kapitel 1

Dann bis später. Ich freue mich schon, Dich zu sehen!
Bruce

Wie jede seiner Nachrichten lese ich auch diese mehrfach. Immer noch erscheint unwirklich, dass sie an mich gerichtet sind, dass ich nicht nur gewagt habe, Bruce meine Gefühle zu offenbaren, sondern diese sogar erwidert werden. Ein Monat ist vergangen, seit die Schlange überführt und wir von Bruce zu Hilfssheriffs gemacht wurden. Und natürlich, seit er und ich ein Paar sind.

Die Frage, ob dem tatsächlich so ist, wische ich beiseite. Ich habe zwar an Selbstbewusstsein gewonnen in den letzten Wochen, aber das reicht nicht so weit, dass ich mich trauen würde, Bruce in ein derartiges Gespräch zu verwickeln. Er bleibt der exotische und kostbare Vogel, der sich zwar auf meiner Hand niedergelassen hat, von dem ich aber jeden Augenblick fürchte, er flattere davon. Insbesondere, falls ich eine unüberlegte Bewegung oder Äußerung wage.

„Schauen Sie, Miss. Ein Stein", ertönt es von einem Tisch, an dem Terry steht.

Unsere letzte Kundin, im Grunde ist das Café schon geschlossen. Aber die Dame, die mit Terry spricht, erinnert mich an eine Echse, auch hinsichtlich ihrer zeitlupenartigen Bewegungen. Da sie den Kirschkuchen in eben jenem Tempo verspeiste, sitzt sie noch in unserem Feierabend hier.

Die erwartete spitze Bemerkung Terrys bleibt aus, so dass ich an den Tisch trete. „Dann haben Sie gewonnen.“

In meinem Kopf ertönt ein Knirschen, als die Dame mit den kleinen Augen sich mir zuwendet. „Gewonnen?“

„So gut wie.“ Ich bemerke Terrys Seitenblick, schaue jedoch nicht hin. Endlich möchte ich sie mal mit einer kleinen Showeinlage überraschen und darf mich nicht ablenken lassen. „Der Hersteller dieser Kirschen verlost unter allen, die einen Stein finden, eine Fernreise.“

„Hersteller?“

„Der Obstbauer natürlich.“ Ich muss grinsen und beiße gleichzeitig die Zähne zusammen. Nicht mehr viel, und ich pruste los.

„Das ist ja was.“ Sie betrachtet den Kern, dessen Attraktivitätswerte um ein Vielfaches gestiegen sind.

„Sie müssen den nur mitnehmen und per Post an den Obstbauern schicken.“ Ich deute auf den Kern.

„Schicken? Jetzt echt?“ Mit gerunzelter Stirn sieht sie mich an.

„Sie können ihn auch persönlich vorbeibringen. Aber das ist ein weiter Weg.“

„Dann lieber schicken.“

„Sehen Sie? Meine ich doch auch. Ich notiere Ihnen die Adresse.“

Terry folgt mir zum Tresen und stößt mir, dort angekommen, den Ellenbogen in die Seite. „Miss Fleet“, flüstert sie.

„Pssst“, mache ich, denn ich muss schon wieder die Zähne zusammenbeißen, um nicht in Gelächter auszubrechen.

„So, da wären wir“, flöte ich, als ich der Kundin eine Fantasieadresse in Ashtead, dem Heimatort meiner Eltern, reiche. „Und vergessen Sie auf gar keinen Fall den hier.“ Ich deute auf den Teller.

„Natürlich. Vielen Dank.“ Sie steht auf, grabscht freundlich den Kirschkern, offenbar in freudiger Erwartung des bald nahenden Gewinns der Echsen-Zeitlupe entschlüpft, und möchte schon zur Tür eilen, als ihr noch etwas einfällt. „Was bin ich Ihnen schuldig?“

„Geht aufs Haus.“

„Auf gar keinen Fall.“ Sie fischt eine Zwanzigpfundnote aus ihrer Geldbörse, die sie auf den Tisch legt. „Schließlich haben Sie mir zum Gewinn verholfen.“

„Einem möglichen Gewinn“, sagt Terry, die hinter mir steht.

Ob die Dame diesen Einwand noch vernimmt, bevor sie durch die Tür entschwindet, weiß ich nicht, doch als ich auf das Geld schaue, plagt mich mein schlechtes Gewissen. „Das war gemein. Soll ich ihr nachlaufen und alles aufklären?“

„Und damit deine geniale Aktion zunichtemachen? Auf gar keinen Fall!“ Terry stellt sich mir mit verschränkten Armen in den Weg und garniert die Aussage mit einem betont bösen Blick, der mich zum Lachen bringt. „Vor allem – natürlich beißt niemand gerne auf einen Kirschkern, aber deshalb so ein Theater zu machen."

„Genau das dachte ich. Wobei es meines Wissens sogar Fälle gab, in denen Konditoren genau deshalb verknackt wurden."

Terry schüttelt den Kopf. „Es ist eine verrückte Welt. Zunächst mal danke, dass du mich aus dieser nervigen Situation befreit hast."

„Es war mir eine Ehre."

„Wollen wir heute etwas essen gehen?"

„Sorry, aber ich treffe mich später mit Bruce." Ich trage das Geschirr zur Theke und räume es in die Spülmaschine.

„Das freut mich. Wie läuft es denn?"

Ich lege den Kopf schief. „Schwer zu sagen. Wirklich häufig haben wir uns in den letzten Wochen nicht gesehen, was an Bruce' unregelmäßigen Arbeitszeiten liegt."

„Kann ich mir vorstellen, dass das nicht einfach ist."

„Und ich möchte nicht gleich zu Anfang nörgeln, dass er zu wenig Zeit für mich hat."

„Ebenfalls verständlich. Aber irgendwann solltest du das ansprechen, ansonsten macht es dich unglücklich."

„Schon richtig, aber es hat so lange gedauert, bis es geklappt hat ..." Ich presse die Lippen zusammen, ohne den Satz zu beenden.

„Dass du fürchtest, es zu verlieren?" Terry umfasst meinen Unterarm. „Kann ich absolut nachvollziehen, und ich möchte nicht wieder das Orakel spielen, aber der Grund, warum du mit Bruce zusammen bist, ist der, dass du ehrlich warst. Du hast mutig klargemacht, was du möchtest, und hattest damit Erfolg. Schwer vorstellbar, dass er dir den Laufpass gibt, wenn du das Thema ansprichst."

Ich nicke. „Bestimmt hast du recht."

„Und das Essen holen wir bald nach?"

„Definitiv." Eine Zeitlang räumen wir wortlos weiter auf. Dann fällt mir ein, dass ich meinerseits Terry schon lange nicht mehr nach ihrer Beziehung zu Philipp gefragt habe. „Wie läuft es eigentlich bei Philipp und dir?"

„Wir haben ebenfalls das Zeitproblem." Terry wischt Krümel von einem Tisch in ihre hohle Hand. „Kennst du diesen Punkt, an dem eine Beziehung sich auf eine andere Ebene verlagert oder eben nicht?"

„Du meinst, wenn das erste Verknalltsein sich abkühlt?"

„Genau."

„Geht wohl allen so." Ich drücke auf den Knopf, der die Spülmaschine einschaltet. „Denkst du denn, dass ihr diese Ebene erreicht?" Kaum habe ich das ausgesprochen, fürchte ich, dass die Frage zu direkt ist. Andererseits war offenkundig, dass es darauf hinausläuft.

„Gute Frage", entgegnet Terry und zerstreut damit meine Bedenken.

„Um dir auch mal einen Rat in Beziehungsdingen zu geben. Lass es einfach auf dich zukommen." Ich grinse. „Du weißt sicherlich, von wem das stammt?"

„Sagen Sie nichts, was später gegen Sie verwendet werden könnte." Terry lächelt ebenfalls, wird dann wieder ernst. „Aber es stimmt."

„Ist dennoch ein ungutes Gefühl, wenn man in der Luft hängt."

„Eigentlich sind wir da ja in der gleichen Lage.“

„Irgendwie schon.“

„Die Kerle. Frau kann nicht ohne, aber auch nicht wirklich mit ihnen.“ Terry beugt sich zum Kühlschrank unter dem Tresen runter und holt eine angebrochene Proseccoflasche hervor. „Zumindest anstoßen können wir mal auf unsere verkorksten Typen.“

„Einverstanden.“

Kapitel 2

„Was geht da oben vor?" Mit den Fingerspitzen streicht Bruce mir eine Strähne aus der Stirn.

Wir liegen in seinem Bett, einander zugewandt und betrachten uns gegenseitig. Etwas, das ich mir niemals hätte vorstellen können. Und die ersten Treffen waren auch eher davon bestimmt, dass wir uns möglichst schnell unserer Kleidung entledigten. Doch Bruce geht es um mehr als das, wie mir auch.

„Ich weiß, dass du viel um die Ohren hast …", antworte ich und überlege, wie ich am besten fortfahren soll.

„Aber schöner wäre es, wenn wir uns häufiger sehen könnten?"

„Ja, das wünsche ich mir ebenfalls", sagt Bruce, als hätte ich seine Frage beantwortet und dreht sich auf den Rücken. Die Hände verschränkt er hinter dem Kopf, während er zur Zimmerdecke starrt. „Es wird nicht einfach werden, eine Beziehung mit mir. Ich möchte von Anfang an offen mit dir umgehen."

Ich sollte mich freuen über seine Offenheit, doch es fühlt sich an wie ein Schlag in die Magengrube. Was habe ich erwartet! Dass Bruce meinetwegen beruflich kürzer tritt, den Beruf sogar an den Nagel hängt? Nein! Das ist es nicht, sondern, dass ich derartige Überlegungen überhaupt noch nicht angestellt habe. Wenn das gesamte Denken darauf ausgerichtet ist, etwas zu bekommen, bleibt kein Platz für Gedanken an das Verhalten, wenn der Fall eintrifft.

„Ist vielleicht meinem hohen Alter geschuldet, dass mir Aufrichtigkeit am wichtigsten ist." Bruce wendet mir den Kopf zu.

„Hohes Alter?" Ich grinse.

„Na, immerhin gehe ich auf die Vierzig zu."

„Das ist doch kein Alter." Ich fahre durch die Locken seines braunen Haars. „Und ich finde diese Aufrichtigkeit gut. Sehr gut sogar."

„Aber?"

„Kein aber. Natürlich weiß ich, dass du einen fordernden Job hast, es so klar formuliert zu hören, muss sich erst mal setzen."

„Das heißt nicht, dass wir keine Zeit miteinander verbringen. Wir werden uns nur nicht jeden Tag sehen können." Er verschränkt seine Hand in meine. „Hin und wieder benötige ich auch Zeit für mich alleine. Eine Beziehung bedeutet für mich auch, den anderen so sein zu lassen, wie er ist."

„Ein guter Punkt."

Bruce lacht auf. „Du hältst mich wahrscheinlich für furchtbar unromantisch, doch das bin ich nicht. Ich habe nur bereits negative Erfahrungen gesammelt. Dabei geht es nicht um richtig oder falsch, sondern nur um unterschiedliche Erwartungen. Völlig wertfrei. Wenn in einer Beziehung aber nicht beide die gleiche Form der Beziehung wollen, ist das Unglück vorprogrammiert." Er dreht sich auf die Seite und sieht mich an. „Du hast ja auch einiges um die Ohren und bist bestimmt froh, weiterhin Zeit für Terry und auch dich selbst zu haben."

„Stimmt", sage ich und ignoriere den Stich im Herzen. Auf der Vernunftsebene kann ich alles, was Bruce sagt, unterschreiben, gefühlsmäßig sieht das anders aus. Ich denke an das Gespräch mit Terry und frage mich, ob das nur dem ersten Verliebtsein geschuldet ist? In einigen Monaten werde ich womöglich froh sein, dass Bruce von Anfang an Freiräume gefordert hat?

„Und doch bist du nicht richtig überzeugt." Bruce drückt mir einen Kuss auf den Mund. „Was hältst du davon? Wir lassen das Gesagte erst mal so stehen und genießen die Stunden, die wir gemeinsam haben. Und bei nächster Gelegenheit sprechen wir nochmal darüber?"

„Okay." Obwohl meine Grübeleien sich diesem Entschluss nicht unterordnen wollen, gelingt es mir, sie in den Hintergrund zu drängen.

„Wie wäre es mit Pizza?" Bruce' Gesicht nimmt einen Ausdruck kindlicher Freude an, und ich kann nicht anders, als ihm einen Schmatzer auf den Mund zu drücken. „Das werte ich mal als ‚Ja'."

„Kannst du auch."

Während Bruce in die Küche geht, um die Karte der Pizzeria zu holen, die zu unserem Stammrestaurant geworden ist, denn wir bestellen bei jedem Treffen dort, verlasse ich ebenfalls das Bett. Bislang haben wir uns stets in Bruce' Wohnung getroffen. Auch wenn sich die Situation in der WG kaum verändert hat und meine Mitbewohner häufig bei ihren Partnern schlafen, wir somit dort also ungestört wären, bin ich lieber hier.

Wohnungen spiegeln viel von den Persönlichkeiten, die sie bewohnen, und das trifft auch für meinen Detective Chief Inspector zu, dessen Apartment stilvolle Eleganz verströmt, ohne kalt oder nicht authentisch zu wirken. Ein großzügiger und offener Wohn-, Ess- und Schlafbereich im Industrial Style, in dem die einzelnen Bereiche durch raumteilende Regale voneinander abgetrennt sind. Schon beim ersten Besuch hörte ich die Stimme meiner Mutter im Kopf, die mahnte, dass doch so die Bettwäsche nach Essen rieche, wenn der Geruch in den Schlafbereich ziehen kann.

Ein überflüssiger Einwand, denn Bruce' schicke Küche sieht zwar gut aus, aber eben auch unbenutzt. Bis auf Kühlschrank, Backofen und Mikrowelle. Zugegebenermaßen trägt die Liaison mit mir nicht dazu bei, die Kochsituation zu verbessern, was unsere wiederkehrenden Pizzabestellungen belegen.

„Dreißig Minuten", verkündet Bruce, als er zurückkehrt.

Ich grinse. „Auch deshalb ist es wohl besser, wenn wir uns nicht zu häufig sehen."

„Wieso?"

„Na, bei so einer Ernährung und das regelmäßig, kannst du deinen flachen Bauch vergessen. Mal abgesehen vom gesundheitlichen Aspekt."

Er kommt zu mir rüber und fasst mich an der Hüfte. „Wir können uns ja noch ein wenig betätigen, bevor die Pizza kommt."

Ich lache. „Einverstanden."

Kapitel 3

Womöglich ist es ausgleichende Gerechtigkeit. Oder das Universum entscheidet, dass es zurzeit zu gut für mich läuft. Als die Tür aufgeht und der schlaksige Kerl das Café betritt, wittere ich sogleich Ärger. Es liegt nicht an seinem Aussehen, obwohl eine Narbe in seiner rechten Gesichtshälfte, die sich sogar über das nur halb geöffnete Auge zieht, ihm Verschlagenheit verleiht. Vielmehr ist es die Art, wie er sich bewegt. Irgendwie nagetierartig, denn er hält immer wieder inne, um sich umzusehen und anschließend flink einige Schritte zu machen, bis er den Tresen erreicht hat. Dass er den ansteuert und keinen Tisch, sorgt zusätzlich dafür, meinen Magen rumoren zu lassen.

„Was kann ich Ihnen bringen?" Normalerweise frage ich, was ich für den Gast tun kann, doch das will in diesem Fall nicht über meine Lippen.

„Was ist das hier?" Der Kerl macht mit dem Arm, der wie von einem Puppenspieler geführt wirkt, eine ausholende Geste, die den gesamten Gastraum einfasst.

Die Frage überrascht mich derart, dass ich zunächst stumm bleibe. Wer den Spruch geprägt hat, dass es keine dummen Fragen gibt, hat wohl noch nie so eine gestellt bekommen wie ich gerade von dem Kerl. Die beantwortet man am besten mit einer dämlichen Antwort. „Wir fertigen das Antriebssystem des neuen Shuttles der NASA, und nebenan werden Eierwärmer gehäkelt."

Ich genieße, wie die Ratte, wie ich mein Gegenüber taufe, entgeistert die Augen aufreißt und nun seinerseits meine Worte verarbeiten muss. „Hä!", macht er dann.

„Eierwärmer oder Hodentemperierer. Um den Kinderwunsch im Winter zu unterstützen." Als wäre meine Aussage noch nicht ausreichend, trete ich hinter der Theke hervor und demonstriere pantomimisch, wie ich mir die mental gehäkelten Wärmer über meine nicht vorhandenen Hoden ziehe.

„Hä!", macht der Typ erneut, und mir liegt bereits die Frage auf der Zunge, ob es sich um ein akustisches oder intellektuelles Problem handelt, dass er mich nicht versteht. Wahrscheinlich ist es besser, dass ich nicht dazu komme, die zu stellen. „Willst du mich verarschen?", fragt er, was sich wie eine Drohung anhört.

Klar will ich das, glaube aber kaum, dass es eine gute Idee ist, ihm das mitzuteilen. „Womöglich haben wir einander nicht richtig verstanden", sage ich stattdessen. Die Art, wie er die Nase rümpft und dabei die Lippen schürzt – ich habe die Situation nicht verbessert.

„Jetzt hör mal zu", zischt er, wobei er sich zu mir vorbeugt, so dass ich seinen Atem riechen kann. Zähne putzen scheint nicht zu den Aufgaben zu gehören, die er täglich absolviert. „Ich habe deine Faxen satt. Ich wohne hier und will, dass das hier", erneut diese Marionettenarmbewegung in Richtung Gastraum, gefolgt von einem keuchenden Räuspern, „das muss weg!"

Ich bin so verdattert, dass ich ihn nur anstarren kann, während meine Gedanken rasen. Ist das ein dummer Witz? Oder hat der Kerl den Verstand verloren?

Der Typ macht auf dem Absatz kehrt und läuft nahezu aus dem Café, wobei er mich an eine, das sinkende Schiff verlassende, Ratte erinnert.

„Was war denn da los?", fragt Terry, die mit einem Tablett auf den Tresen zukommt.

„Keine Ahnung." Einen Augenblick stehe ich nur da und versuche zu ordnen, was mir durch den Kopf geht. „Dieser seltsame Typ kam rein, hat mich gefragt, was wir hier machen und dann gesagt, dass er hier wohnt."

„Wie bitte?" Terry sieht mich zweifelnd an, und ich kann es ihr nicht verdenken. Schon jetzt, kurze Zeit nach seinem Abgang, erscheint die Situation umso unwirklicher.

„Total schräg. Meinst du, der war einfach nur durchgeknallt oder kann das stimmen?"

„Ich tippe auf Ersteres. Wir haben einen gültigen Mietvertrag. Selbst wenn der Terminator Verdünnungsmittel geschnüffelt hat und die Räume im Rausch jemand anderem vermietet hätte, spaziert man doch nicht rein und veranstaltet so einen Zirkus. Zumal wir dann irgendwas vom Vermieter hören müssten. Zumindest ein ‚Hasta la vista'." Terry grinst.

Nach Scherzen ist mir nicht zumute, doch mein Verstand folgt Terrys Einschätzung. In meinem Bauch aber hat sich ein Knoten gebildet, der sich nicht lösen will. „Bestimmt hast du recht."

Terry streichelt mir über die Schulter. „Hey. Das hat dich richtig mitgenommen, oder? Ich habe kurz überlegt, ob ich zu dir rüberkommen soll, aber dann meldete sich gerade ein Gast für eine Bestellung.“

Ich winke ab. „Mach dir keinen Kopf. Hat mich nur unvorbereitet getroffen, das ist alles.“

„Wie sollte man sich auch auf so was vorbereiten?“

Ein Gast hebt die Hand, und Terry will schon loslaufen, als ich sie zurückhalte. „Lass mich das ruhig machen. Ich kann etwas Ablenkung gebrauchen.“

„Klar.“

Der Tag verläuft ohne weitere Aufregung und so, wie ich es mag: Ständig etwas zu tun, ohne, dass es stressig wird. Dennoch, der Knoten löst sich nicht. Bestimmt reagiere ich über. In einer Stadt wie London laufen Unmengen von Menschen herum, die seltsame Geschichten und Ansichten haben. Wieso die Ahnung, dass der Kerl nicht dazu gehört? Wobei die Art und Weise durchgeknallt war, da gebe ich Terry recht, aber etwas war in seinen Augen. Er war tatsächlich verwundert, was er sah, als wäre er schon einmal hier gewesen, bevor es das Café gab.

„Grübelst du immer noch über den Typ nach?“, fragt mich Terry, nachdem sie die Tür abgeschlossen hat und zu mir rüberkommt.

Ich zucke mit den Schultern. „Es ist albern, ich weiß.“

Terry zögert einen Augenblick. „Okay. Wir machen Folgendes. Wir melden uns beim Terminator mit irgendwas Unverfänglichem, zum Beispiel, dass der Wasserhahn tropft. Sollte die Story wahr sein, wird er uns dann ja mitteilen, dass er die Räume an jemand anderen vermietet hat, was ich nicht glaube.“

„In Ordnung.“

Ich wünschte, genauso zu denken wie Terry. Aber der Knoten ist weiter nach unten gewandert und zieht unangenehm an meinen Eingeweiden.

Kapitel 4

„Das muss nichts bedeuten.“

„Ja, klar“, sage ich, ohne es wirklich zu meinen. Seit zwei Tagen versuchen wir nun, den Terminator zu erreichen, ohne Erfolg. „Nur haben wir ihn bislang jedes Mal ans Telefon bekommen.“

„Und wie oft war das?“

„Hmm.“

„Eben. Vielleicht zweimal? Davon kannst du nichts herleiten.“ Terry studiert meine nachdenkliche Miene. „Weißt du was? Warum gehen wir nicht heute essen? Wollten wir doch ohnehin mal wieder machen.“

„Gerne.“ Terrys Einfall erscheint genau richtig. Ich hoffe, dadurch auf andere Gedanken zu kommen. „Ich weiß selbst nicht, warum mich das derart beschäftigt.“

„Du hast mit deiner Ahnung häufig richtig gelegen. Folgender Vorschlag. Heute Abend vergessen wir den Terminator und den komischen Kerl, und falls wir ihn morgen nicht erreichen, kannst du doch Bruce auf die Sache ansetzen.“

„Stimmt ja.“ Ich muss lachen. „In meinen Kopf hat sich noch nicht verankert, dass mein Freund ein Detective Chief Inspector ist.“

„Und ein heißer noch dazu.“

„Also gut. Dann lass uns hier fertig werden, damit wir los können.“

Das Aufräumen geht uns gut von der Hand, und bereits kurze Zeit später befinden wir uns auf dem Fußmarsch in die Brewer Street zu Bill's Soho Restaurant, ein Laden mit stylish-heimeligem Ambiente und gutem Essen.

„Wie läuft es mit Philipp", frage ich, nachdem wir Getränke bestellt haben. Philipp ist ein spezieller Fall, denn über Jahre hinweg verband mich mit ihm eine On-Off-Beziehung. Während ich mehr wollte, hielt sich der Kerl mich für eine schnelle Nummer warm, ohne meine ernsthafteren Gefühle zu teilen. Bei der Aufklärung zu unserem ersten Fall kamen er und Terry sich näher und bilden seither ein ziemlich ungleiches Paar.

„Schwieriges Thema."

„Willst du nicht darüber reden?"

„Das ist es nicht. Ich weiß nur nicht, was ich sagen soll."

„Verstehe."

„Weißt du, dieser Spruch, dass Gegensätze sich anziehen, ist voll für den …" Terry streckt die Zunge heraus und imitiert ein Furzgeräusch. „Wenn man durch ist mit all der Vögelei und Turtelei, sieht es ohne Gemeinsamkeiten ganz schön mau aus."

„Hmm", mache ich, denn augenblicklich frage ich mich, ob es Bruce und mir in einigen Wochen ebenso gehen wird. Welche Gemeinsamkeiten teilen wir?

„Jetzt mach dir keine Gedanken. Es kann durchaus umgekehrt sein, dass man nach und nach gemeinsame Interessen entdeckt." Terry grinst. „Nimm Bruce doch mal mit in die Backstube und schlag seine Sahne."

„Du bist unmöglich!", rufe ich, und die Gäste der Nachbartische drehen sich zu uns um, bevor wir in gackerndes Gelächter einfallen. „Philipp und du, da gibt es keine Basis?", frage ich, nachdem wir uns beruhigt haben.

„Anfangs dachte ich, es würde funktionieren, weil wir einander lassen, wie wir sind. Aber unsere Welten sind zu verschieden."

„Du meinst seinen Job?"

„Genau. Keinen seiner Arbeitskollegen, mit denen er teilweise auch befreundet ist, habe ich bislang kennengelernt."

„Hast du ihn darauf angesprochen?"

„Klar."

„Und?"

„Ausreden, dass er die Zeit lieber mit mir alleine verbringen möchte oder seine Freunde keine Zeit haben."

„Womöglich stimmt das?"

Terry schenkt mir einen vielsagenden Blick. „Süße, ernsthaft? Wir sind doch beide nicht blöd."

„Stimmt schon." Ich hole Luft und überlege, ob ich das, was mir auf der Zunge liegt, wirklich sagen soll.

„Raus damit!" Terry weiß wieder einmal, was in mir vorgeht.

„Ich habe wirklich gehofft, dass Philipp sich geändert hat. Dass er mit dir anders umgeht."

„Aber?"

„Ihm war schon immer am wichtigsten, was andere über ihn denken."

Terry schlägt den Blick nieder und nickt.

Ich ergreife ihre Hand. „Tut mir leid."

„Du kannst nichts dafür, und natürlich weiß ich das. Der erfolgreiche und gutaussehende Banker und daneben der Paradiesvogel, der von allen kritisch beäugt wird."

„Das stimmt nicht." Ich drücke Terrys Hand und bin dankbar, dass sie mich daraufhin ansieht. „Für mich bist du der wertvollste Mensch, den es gibt und genau richtig, wie du bist. Mach dich nicht klein, und vor allem – verbieg dich nicht für einen Philipp oder sonst jemanden."

„Danke." Terry schluckt.

Wir halten einander an den Händen, und mir wird klar, dass ich Terrys Stärke für eine Selbstverständlichkeit gehalten habe. Eine niemals versiegende Kraft, die nicht nur sie selbst, sondern auch ihr Umfeld versorgt. Doch das Einzige, was Terry besser gelingt, ist, die Unsicherheit hinter lockeren Sprüchen zu verbergen. Selbstverständlich weiß ich das, unsere Freundschaft verbindet uns lang genug, aber hin und wieder sollte ich mir das vor Augen führen.

„Es tut mir leid", sage ich. „Ich hätte schon früher nachfragen und dich nicht allein damit lassen sollen."

„Ach, Linny. Du kennst mich doch. Mir muss man alles aus der Nase ziehen. Und bei dir war einiges los."

Ich möchte widersprechen, doch Schuldzuweisungen nutzen keinem von uns etwas. „Ich bin da, okay?"

„Okay."

Unsere Getränke werden serviert, und einen Augenblick starren wir auf die Gläser, als wüssten wir nicht, wo wir ansetzen könnten. „Es könnte so einfach sein, wenn die Kerle nicht wären."

Terry grinst. „Man sollte einen kostenlosen Escortservice einführen. Ein schnuckeliger Typ, der es einem auf Abruf ordentlich besorgt und hin und wieder eine Glühbirne wechselt. Oder beides gleichzeitig."

Ich verschlucke mich an meinem Getränk, weil ich lachen muss. „Du hast Ideen."

„Du musst schon zugeben, dass die Vorstellung verlockend ist."

„Stimmt."

Wir bestellen das Essen und unterhalten uns den restlichen Abend nur noch über belanglose Dinge. Albern herum und ernten ein weiteres Mal die Blicke unserer Tischnachbarn, weil wir irgendwann kaum noch aufhören können zu lachen.

„Das hat mir echt gefehlt", sagt Terry auf dem Heimweg. Sie hat sich bei mir untergehakt, und ein Lächeln umspielt ihre Lippen.

„Mir auch." Dass wir einander versprechen sollten, es nicht wieder so weit kommen zu lassen, spreche ich nicht aus. Das haben wir durch, und es hat nicht funktioniert. Keine Bitterkeit begleitet diese Erkenntnis, sondern Verständnis. Weder Terry noch ich lassen das aus Absicht geschehen, und ist nicht wichtiger, dass wir in der Lage sind, den Fehler einzugestehen und im entscheidenden Augenblick füreinander da sind?

„Bruce möchte, dass wir einander Freiräume lassen", sage ich.

„Finde ich vernünftig. Auch, dass er es zu Beginn anspricht."

„Sicherlich hast du recht. Für mich hat es sich nur so angefühlt, als wolle er mich auf Abstand halten."

„Ganz im Gegenteil." Terry bleibt stehen und sieht mich an. „Das bedeutet für mich, dass er bereits langfristig denkt. Warum sollte er ansonsten ein eher unangenehmes Thema gleich zu Anfang anschneiden?"

„So habe ich das nicht betrachtet. Aber das ergibt Sinn."

„Bei Bruce und dir habe ich ein gutes Gefühl." Erneut hakt sich Terry bei mir unter, und wir schlendern weiter, während ihre Positivität auf mich übergreift.

Kapitel 5

„Das hört sich tatsächlich seltsam an."

Keine Ahnung, ob Bruce das ernst meint, oder es meinem Freundin-Bonus geschuldet ist. Letztlich egal, denn nachdem wir Mr Norwood, alias den Terminator, auch heute nicht erreicht haben, kann ich meine Ahnung, dass etwas nicht stimmt, kaum länger ignorieren.

„Wann hast du denn zum letzten Mal mit diesem Norwood gesprochen?"

„Gute Frage." Ich werfe Terry einen Blick zu, die mithört, da ich das Gespräch auf Lautsprecher gestellt habe, aber die zuckt nur mit den Schultern. „Ist sicherlich schon einige Wochen her."

„Also könnte er auch in den Urlaub gefahren sein?"

„Klar."

„Warum fahrt ihr nicht zunächst selbst mal vorbei und checkt das? Immerhin seid ihr doch jetzt meine Hilfssheriffs."

Ich muss grinsen. „Aye, aye, Sir."

„Anderes Schiff, aber ich lasse das mal gelten. Falls euch irgendetwas komisch vorkommt, meldet ihr euch."

„Machen wir."

„Vor allem, bevor ihr irgendeine Aktion startet, die euch in Schwierigkeiten bringt."

„Versprochen.“

„Und falls der komische Typ wieder auftaucht, meldet ihr euch.“

„Auf jeden Fall.“

Eine Pause entsteht, als hätten wir Schwierigkeiten, vom Dienstlichen zum Privaten überzugehen.

„Wann sehen wir uns?“, frage ich.

„Sonntags schließt ihr früher?“

„Meist gegen fünf Uhr.“

„Dann hole ich dich ab, wir gehen essen, etwas Vernünftiges.“ Er lacht kurz, und ich stimme ein. „Und dann …“

Aus dem Augenwinkel erkenne ich, dass Terry ein rammelndes Kaninchen imitiert, und muss mir auf die Zunge beißen, nicht erneut zu lachen, was Bruce sicherlich falsch auffassen würde. „Das sehen wir dann“, beeile ich mich zu sagen, und schalte den Lautsprecher aus, bevor ich das Handy zum Ohr führe. Obwohl Terry und ich recht offen miteinander sprechen, dass sie ein Gespräch zwischen Bruce und mir über unsere „Aktivitäten“ mitbekommt, ist mir unangenehm. So beende ich das Telefonat ohne Mithörerin.

„Sagt ihr es eigentlich schon?“, fragt Terry, nachdem ich aufgelegt habe.

„Was?“

„Ich liebe dich.“

„Bisher noch nicht.“

„Lag es dir denn schon auf der Zunge?“

„Ist es seltsam, dass ich darüber nachdenken muss?“

„Nicht unbedingt. Bruce hat sich bei dir zu einer Art Über-Lover entwickelt, wahrscheinlich hast du immer noch nicht realisiert, dass du mit ihm zusammen bist, und lässt solche Gefühle nicht zu."

„Ich dachte, du hast Pharmazie studiert und nicht Psychologie?" Ich grinse Terry schief an, um zu unterstreichen, dass ich einen Scherz gemacht habe, denn, um ehrlich zu sein, ihre Vermutung klingt nicht weit hergeholt.

„Sagen wir mal so, was deine Psyche anbelangt, habe ich einen ziemlich guten Einblick."

„Meinst du?"

„In deinem Innersten bist du genauso durchgeknallt wie ich. Du hast nur Wege gefunden, es anders zu kanalisieren." Terry lächelt ebenfalls.

„Das nimmst du zurück!", rufe ich, gespielt entrüstet, greife nach dem Putzlappen, der vor mir auf dem Tresen liegt, und werfe ihn Terry ins Gesicht.

Die schreit auf, um sogleich in Gelächter auszubrechen. „Na warte!" Immer noch lachend rennt sie auf mich zu, aber mir gelingt es, mich an ihr vorbeizuschlängeln, um mich hinter einem Tisch zu verschanzen.

Wir gackern und jagen einander, als wären wir wieder Kinder, und obwohl der Gedanke, dass wir uns albern verhalten, mir in den Kopf schießt, gelingt es, ihn zu ignorieren. Terry hat recht, sollen andere doch denken, was sie wollen. Diese Augenblicke sind kostbar, und man muss sie mit beiden Händen ergreifen und festhalten, bis sie sich verflüchtigen.

In diesem Fall geschieht es in dem Moment, als wir einander, immer noch lachend, an den Händen fassen. „Ich stimme dir zu."

Terry sieht mich fragend an.

„Ich bin genauso durchgeknallt wie du, nur lass ich meinen Freak nicht so oft heraus.“

„Absolut!“, ruft Terry aus. „Erinnerst du dich noch an das letzte Highschooljahr und Donovan Grames?“

„Der Kerl, der dich als Freak beschimpft und mich gefragt hat, warum ich mich mit dir abgebe? Aber hallo!“ Beim Gedanken an den geschniegelten Typ, der Terry regelrecht tyrannisierte, droht die ausgelassene Freude von mir abzufallen.

Das scheint Terry zu bemerken, denn sie legt den Kopf schief. „Der soll dir nicht die Stimmung verderben. Ganz im Gegenteil. Du sollst an das furiose Finale denken.“

Ich reiße die Augen auf. „Stimmt!“ Jetzt bin ich diejenige, die brüllt, um im nächsten Augenblick in Gelächter auszubrechen. „Dessen Blick! Unbezahlbar.“

„Wer hätte auch damit gerechnet, dass du auf die Idee kommst, dir ebenfalls die Haare blau zu färben und am nächsten Tag mit angestecktem Nasenring in die Schule zu kommen? Um dich dann neben mich zu stellen und Donovan vor versammelter Mannschaft zu verkünden, dass er recht hat mit seiner Vermutung, dass ich dich mit meiner Freakiness anstecke.“ Terry giggelt.

Ich wische mir Lachtränen aus den Augen. „Wie konnte ich das bloß vergessen? Vor allem, da ich gedacht habe, eine Tönung zu benutzen, aus Versehen aber zur Färbung griff und meine Eltern so begrüßen musste. Die waren für einige Tage verreist und ich hatte geplant, meine Haare vorher wieder zur Ursprungsfarbe zurück zu waschen.“

Terry streicht mir über das Haar. „War in blau auch toll." Sie lächelt. „Das war das Großartigste, das jemals jemand für mich getan hat. Spätestens da wusste ich, dass du wirklich für mich da bist und hinter mir stehst."

Wir schließen einander in die Arme und drücken uns fest. Als Terry sich von mir löst, grinst sie wieder, doch dieses Mal auf die schelmische Terry-Art. „Erinnerst du dich an diesen Macy Gray Song, Sexual Revolution?" Sie stimmt die Liedzeilen an, bis sie zu dem Part kommt, in dem es darum geht, dass ihre Mom ihr gesagt habe, den Freak für sich selbst zu behalten, man ihn aber mit der Welt teilen solle, da er etwas Wunderbares sei.

Wir fallen uns erneut in die Arme und wiehern wie zwei tollwütige Stuten.

„Macy Gray hat sicherlich meine Mom." Ich wische mir Tränen aus den Augenwinkeln.

„Du meinst, weil deine dir auch immer rät, deinen Freak in dir einzusperren?"

„Genau."

„Na, dem hast du in letzter Zeit doch erfolgreich entgegengearbeitet." Terry zwinkert mir vielsagend zu. „Wie geht es ihr eigentlich?"

„Meiner Mom? Um ehrlich zu sein, in den letzten Wochen, schon Monaten, liegt der Kontakt brach. Mehr als eine Sprachnachricht oder Textmessage war irgendwie nicht drin."

„Tröste dich, ich bin eine viel größere Rabentochter. Ich habe Roger seit Monaten noch nicht einmal eine Nachricht geschickt."

„Da unsere Erzeuger sich im Elternsein ebenfalls nicht mit Ruhm bekleckert haben, hält sich mein schlechtes Gewissen in Grenzen."

„Gut gesprochen. Trotzdem werde ich Roger die Tage mal anrufen. Zumindest mal hören, ob er noch lebt."

„Ja, das sollte ich auch machen." Ich räume einen Tisch ab, und Terry schnappt sich einen neuen Lappen. Den, der in ihrem Gesicht landete, feuert sie in den Mülleimer.

Nach der Rumalberei und den Gesprächen läuft das Aufräumen still ab. Nur hin und wieder werfen wir einander eine Bemerkung zu, ohne dass ein richtiger Dialog entsteht. Dennoch ist die Atmosphäre angenehm, und als wir fertig sind, sehe ich zur Uhr. „Was meinst du? Sollen wir noch die Pferde satteln?"

„Die was?"

Ich tippel auf der Stelle, die rechte Hand imitiert das Halten von Zügeln, während die linke meinem imaginären Gaul die Gerte gibt.

Terry lacht. „Der Freak ist ausgebrochen und lässt sich wohl nicht mehr einsperren."

„Könnte sein." Ich ziehe die Schürze über den Kopf und hänge sie an den Haken. „Ich dachte, dass wir dem Terminator einen Besuch abstatten können."

„Ach so. Klar. Hast du die Adresse?"

„Bestimmt in meinem Büro. Da müsste auch der Mietvertrag sein."

Terry folgt mir und hilft mir beim Suchen. Obwohl ich Ordnung halte, beging ich im Falle des Mietvertrages den Fehler, ihn in einem allgemeinen Ordner mit anderen Dokumenten abzuheften, ohne das zu vermerken. Glücklicherweise ist die Ablagefläche und damit die Ordnermenge in meinem Abstellkammerbüro begrenzt.

„Habe ihn!", rufe ich, als ich die richtige Seite aufgeschlagen habe. Er wohnt in der Wardour Street."

„Ganz in der Nähe."

Wir verlassen das Café, schließen die Tür ab und machen uns auf den kurzen Fußmarsch.

„Was machen wir, falls wir nichts herausfinden?", fragt Terry, und ich weiß, worauf ihre Frage hinausläuft.

„Dieses Mal müssen wir uns wirklich an die Abmachung halten und keine Sonderermittlungen einleiten. Zumindest nicht, ohne das zuvor mit Bruce abgesprochen zu haben."

„Und schon ist der Freak wieder eingesperrt. Schade!" Dass Terry dabei grinst, zeigt mir, dass sie einen Scherz gemacht hat und im Grunde meiner Meinung ist.

Kapitel 6

„Und was jetzt?“, fragt Terry, als wir am Haus angekommen sind.

„Gute Frage.“ Ein weiteres Mal betätige ich die Klingel, da mir nichts Besseres einfällt und mir klar wird, dass der Plan von Anfang an auf wackeligen Beinen stand. Insbesondere, wenn ich dabei bleibe, ihn nicht durch eine Aktion zu erweitern.

„Wir könnten bei einem Nachbarn nachfragen. Immerhin müssen wir noch nicht einmal eine Geschichte ausdenken. Schließlich ist er unser Vermieter, den muss man hin und wieder aufsuchen.“

„Stimmt.“ Ohne groß darüber nachzudenken, drücke ich den Knopf neben dem Namensschild „Dotch“.

„Ja?“, krächzt es aus dem Lautsprecher der Gegensprechanlage. Sogleich habe ich das Bild einer uralten Lady vor Augen.

„Wir sind Mieter von Mr Norwood und dachten, dass Sie womöglich wissen, wann wir ihn antreffen können?“ Ich bemühe mich um eine langsame und deutliche Aussprache. Die eintretende Pause lässt mich zweifeln, ob mir das gelungen ist.

„Es tut mir leid. Meine Ohren sind nicht mehr gut und über dieses Ding ist es noch schwieriger.“ Die Dame scheint nachzudenken. „Ich mache Ihnen auf.“

Der Türöffner erwacht summend zum Leben, und wir betreten das Treppenhaus.

„Im ersten Stock", hören wir die gleiche Stimme, von den Wänden hallend wider geworfen.

Die Person, die im Türrahmen steht, entspricht meiner Vorstellung, wobei das wache Glitzern in den Augen mir sogleich klarmacht, dass diese Frau höheren Alters jedoch wachen Verstandes ist.

„Vielen Dank, dass Sie sich die Zeit nehmen." Ich strecke ihr lächelnd die Hand entgegen. „Mein Name ist Linn Fleet, und das ist meine Freundin und Mitbewohnerin Terry Bradford."

„Mildred Dotch", erwidert sie, als sie meine Hand erstaunlich fest ergreift und schüttelt. „Sie wirken vertrauenerweckend, kommen Sie doch kurz herein. Ich muss meiner Enkelin stets versprechen, vorsichtig zu sein."

„Da hat Ihre Enkelin auch recht", sage ich und folge Mrs Dotch in ihre Wohnung.

Ein schmaler Flur führt in eine Küche mit einer Sitzecke mit Eckbank, die Erinnerungen an meine Granny Dorothy weckt. Stunden habe ich auf dieser Eckbank als Kind gesessen und mich unter der Aufsicht meiner Großmutter an meinen ersten Backkreationen versucht.

„Möchten Sie einen Tee?"

„Wir möchten Ihnen keine Umstände machen", antworte ich.

„Nein, nein. Das bereitet mir keine. Ich habe nur noch selten Gäste, da freut man sich über die Abwechslung." Mrs Dotch füllt den Wasserkocher und öffnet einen der Hängeschränke.

„Sollen wir Ihnen helfen?", fragt Terry.

„Das ist sehr freundlich. Aber ich komme immer noch sehr gut zurecht." Sie entnimmt dem Schrank drei Tassen, die sie auf den Tisch stellt. „Sport ist mein Geheimnis. Jeden Morgen zwanzig Minuten Training und danach Stretching. Schauen Sie mal." Sie beugt sich vor, bis ihre Finger die Spitzen ihrer Hausschuhe berühren.

„Wow! Das schaffe ich noch nicht einmal", sagt Terry.

„Als ich in ihrem Alter war, habe ich meinen Körper oder vielmehr dessen Gesundheit als Selbstverständlichkeit angesehen. Aber nur, wenn man ihn pflegt, bleibt er gut in Schuss. So wie das hier." Sie tippt sich mit dem Zeigefinger an die Schläfe.

Ich muss lächeln. Mrs Dotch würde ich am liebsten als Großmutter adoptieren.

Nachdem sie Teebeutel in die Tassen gegeben und das heiße Wasser darüber gegossen hat, setzt Mrs Dotch sich auf den Stuhl am Tisch. Terry und ich haben auf der Bank Platz genommen.

„Sie sind also Mieter von Mr Norwood?"

„Ganz recht. Wir betreiben ein Café in der Nähe. Beak Street", antworte ich.

„Sie backen selbst?"

„Aber selbstverständlich." Terry zieht an der Schnur des Teebeutels. „Wir sind sogar gut darin."

„Gerne laden wir Sie auf ein Stück Kuchen ein", sage ich.

„Sehr gerne. Es wäre schön, mal wieder aus dem Haus zu kommen."

„Haben Sie denn keine Freundinnen oder einen Freund?" Terry grinst.

„Was ist mit Ihrer Enkelin?“ Ich streiche mir eine Haarsträhne hinter das Ohr.

„Vivien ist ein liebes Mädchen, hat aber wenig Zeit. Ich möchte auch niemandem zur Last fallen. Und wenn man mein Alter erreicht, lichtet sich das Feld der Freunde leider.“

„Wie alt sind Sie denn?“ Ich räuspere mich. „Wenn mir die Frage gestattet ist?“

Mrs Dotch lacht. „Ist sie. In meinem Alter schert man sich nicht mehr darum. Ich bin 102.“

Terry stößt einen Pfiff aus. „Das hätte ich nicht geglaubt.“

„Das höre ich häufig.“ Mrs Dotch nimmt einen Schluck von ihrem Tee. „Aber Sie möchten wissen, ob ich weiß, wo Mr Norwood sich aufhält.“

„Falls Sie uns da weiterhelfen können.“ Ich setze das zwar voraus, denn ansonsten wüsste ich nicht, warum Mrs Dotch uns hereinbat, aber ich führe mir die Einsamkeit der rüstigen Rentnerin vor Augen und den damit verbundenen Wunsch nach Gesellschaft.

„Ich bin ein Fossil.“ Mrs Dotch hebt die Hand, da sie mir ansieht, dass ich Einwand erheben möchte. „Ich mache mir da nichts vor und kann damit leben. Einer der Vorzüge fortgeschrittenen Alters.“ Sie lacht kurz. „Bei manchen Angelegenheiten bin ich mir nicht sicher, ob ich antiquierte Ansichten habe, oder ob meine Wertvorstellung noch greift.“

Dieses Mal bin ich es, die Terry daran hindert, nachzufragen, indem ich sie am Arm berühre. Mein Gefühl sagt mir, dass es besser ist, Mrs Dotch in ihrem Tempo und auf ihre Weise berichten zu lassen.

„Ein weiterer Vorteil der erlebten Jahre sind die Erfahrungen, die man machen durfte, was nicht bedeutet, dass das Leben stets Überraschungen bereithält." Sie grinst kurz, während ihr Blick in die Ferne geht. Zu gerne wüsste ich, welche Erinnerung sich soeben in ihr Denken gestohlen hat. „Doch ich habe gelernt, meiner Intuition zu vertrauen, die durch Erlebnisse geschärft wurde. Ich hoffe, das klingt nicht zu vermessen?" Sie schenkt Terry und mir einen entschuldigenden Blick.

„Wenn einem mit 102 nicht erlaubt ist, das festzustellen, dann wohl nie", entgegnet Terry.

„Dennoch." Mrs Dotch schwingt den erhobenen Zeigefinger. „Alter schützt vor Torheit nicht." Das darauffolgende Lachen ist derart charmant, dass Terry und ich einstimmen. „Aber ich komme nicht zum Punkt und bitte um Entschuldigung."

„Wir haben es nicht eilig", sage ich.

„Meine Erziehung verbietet mir, Schlechtes über Dritte zu äußern, wenn die nicht zugegen sind. Aber im Falle von Mr Norwood fürchte ich, dass sich sein Handeln auf weitere Menschen auswirkt, was diesen Vorsatz aushebelt." Sie starrt auf ihre Hände, und es ist unübersehbar, dass sie sich selbst gut zureden muss, um mit der Sprache herauszurücken. „Die Gesellschaft, mit der Mr Norwood sich umgibt, zumindest die, die ihn in seiner Wohnung besuchte, die mir zu Gesicht kamen ..."

„Wir verraten es keinem." Terry berührt Mrs Dotchs Hand, die sie auf dem Tisch abgelegt hat. „Und wenn Sie wüssten, wie wir über Dritte und Vierte sprechen, besonders, wenn die sich verhalten, als würden Fünfte und Sechste in ihren Schädeln hausen." Sie verzieht das Gesicht zu einer Grimasse, und meine Befürchtung, dass dies weder adäquate Äußerung noch mimische Begleitung für eine ältere Dame sind, wird vom lauten Lachen Mrs Dotchs fortgefegt.

„In Ordnung. In Ordnung. Ihr jungen Leute seid da ohnehin anders eingestellt, und das ist auch richtig so." Sie dreht die Teetasse auf der Untertasse. „Um ehrlich zu sein, sie waren mir nicht geheuer. Es waren die Art Menschen, die mich veranlassen würden, die Straßenseite zu wechseln, begegneten sie mir in der Dämmerung."

„Ich verstehe", sage ich und stelle fest, dass es zum Bild passt, dass ich vom Terminator habe. „Sie meinen Verbrechertypen?"

Mrs Dotch sieht mich an, nickt dann. „So könnte man sie wohl bezeichnen. Zumindest die Männer."

„Und die Frauen?", fragt Terry.

„Dass Sie mich nicht falsch verstehen. Nur, weil ich älter bin, gehöre ich nicht zu den ewig Gestrigen. Ich verstehe, dass sich die Welt verändert, und in einer Großstadt wie London viele verschiedene Nationalitäten zusammenleben." Erneut fixiert sie ihre Hände. „Pamela sprach gutes Englisch, mit ihr habe ich mich ab und zu im Treppenhaus unterhalten."

Ein weiteres Mal lege ich meine Hand auf Terrys Arm, um sie an ihrer Nachfrage zu hindern, da ich sicher bin, dass Mrs Dotch noch zur Erklärung kommen wird.

„Ich bitte um Verzeihung." Sie blinzelt, und ein nervöses Lächeln umspielt ihre Mundwinkel. „Pamela ist eine Dame von den Philippinen, wie sie mir erzählte. Ich dachte, sie wäre Mr Norwoods Freundin."

„Aber?", frage ich und weise mich innerlich zurecht, mich selbst nicht an das Terry auferlegte Schweigen zu halten. Ein Seitenblick verrät mir, dass die mich am liebsten darauf hinweisen möchte, es sich aber verkneift. Punkt für dich, Terry!

„Später war ich mir dann nicht mehr sicher. Als weitere Damen auftauchten."

„Weitere Damen?", fragt Terry.

„Ja. Man könnte von einem regen Treiben sprechen. Einige Herren kamen immer wieder, die Damen und andere Männer tauchten nur ein oder zwei Mal auf." Sie wirft die Hände in die Luft. „Herrjemine! Sie müssen glauben, dass ich nichts Besseres zu tun habe, als meinen Nachbarn hinterherzuspionieren." Sie lehnt sich über den Tisch nach vorne. „Und recht hätten Sie!"

Das lässt uns erneut in Gelächter ausbrechen, auch wenn das Erzählte schwer in der Luft hängt und ich Terry ansehen kann, dass sie ebenso empfindet.

„Mir wurde auch immer wieder gesagt, der Intuition zu trauen", sage ich und hoffe so, einen Wiedereinstieg in Mrs Dotchs Erzählung zu liefern.

„Ein guter Rat." Sie überlegt kurz. „In diesem Sinne teile ich Ihnen mit, was mir meine Intuition sagte." Sie verschränkt die Hände ineinander. „Zunächst befürchtete ich, unter Mr Norwoods Dach gingen die wechselnden Damen einem gewissen ..." Mit der Zungenspitze befeuchtet sie ihre Lippen, und die Fingerknöchel treten weiß hervor, als sich diese fester ineinander krallen.

„Wir wissen, was Sie meinen", sage ich und hoffe, die Situation damit entschärfen zu können.

Mrs Dotch lächelt mich dankbar an. „Irgendwann traf ich Pamela im Treppenhaus. Sie direkt darauf ansprechen konnte ich selbstverständlich nicht. Es ist zudem ein ungeheuerlicher Vorwurf. Aber ich fragte Sie, ob die Damen ihre Freundinnen seien und sich in Mr Norwoods Wohnung träfen."

„Was hat sie gesagt?", fragt Terry.

„Dass es Freundinnen und Bekannte wären, die auf der Suche nach einem englischen Mann seien."

„Hört sich nicht ganz sauber an." Terrys Augen verengen sich.

„Das sagte und sagt mir auch mein Gefühl." Mrs Dotch zwinkert Terry verschwörerisch zu.

„Haben Sie den Ter..." Ich räuspere mich. „Mr Norwood danach gefragt?"

Mrs Dotch schüttelt den Kopf. „Wir hatten auch vorher nicht viel miteinander zu tun, was daran lag, dass er mir ein wenig –", sie sucht nach dem geeigneten Wort, „unangenehm war."

Plötzlich habe ich einen Einfall. „Können Sie sich an jemanden erinnern, der eine große Narbe im Gesicht hatte?" Mit dem Zeigefinger fahre ich über mein Gesicht, um den Verlauf nachzuzeichnen.

Mrs Dotchs Augen verengen sich, dann nickt sie eifrig. „In der Tat. In der Tat."

Kribbelnd fährt mir die Aufregung in den Bauch, und aus dem Augenwinkel sehe ich, dass Terry mich fragend ansieht. Ich wende ihr das Gesicht zu. „Der komische Kerl? Der bei uns im Café war?"

Ihr Blick hellt sich auf. „Stimmt. Das Gesicht hatte ich nicht mehr so genau vor Augen."

„Du hast ihn auch nur kurz gesehen. Mir gebührte die Ehre der Unterhaltung." Ich wende mich wieder Mrs

Dotch zu. „In Mr Norwoods Wohnung fand also eine Art Partnervermittlung statt?“

Mrs Dotch zuckt mit den Schultern. „Zumindest sagte mir das Pamela.“

„Dass Frauen aus Ländern mit hoher Armut mit übriggebliebenen Briten verheiratet werden, ist leider nichts Neues“, sagt Terry.

„Übriggebliebene Briten?“

Bevor ich eingreifen kann, um Terry an einer frechen Antwort zu hindern, beginnt die bereits zu sprechen. „Na ja. Sozusagen die vom Restetisch. Leben noch bei Mutti und haben eine Handgelenksarthrose.“

„Handgelenksarthrose?“

Dieses Mal kann ich verhindern, dass Terry ihre Aussage näher erläutert, und unterbinde auch die Handbewegung, die sie imitieren will, um zu zeigen, welcher Dauerbeschäftigung diese Herren eben jene Erkrankung zu verdanken haben. „Ein Herr mit einer solchen Narbe war also bei Mr Norwood?“, frage ich und hoffe, das Gespräch wieder in die interessante Richtung zu stoßen.

Einen Augenblick sieht mich Mrs Dotch verständnislos an, dann berührt sie die Stirn mit den Fingerspitzen. „Natürlich. Ich bitte um Entschuldigung.“

Ich winke lächelnd ab. „Alles gut.“

„Nicht nur einmal habe ich ihn hier gesehen. Er war mindestens zweimal hier.“

Ob wirklich stimmt, was der Kerl sagte, dass ihm nun das Gebäude mit unserem Café gehört? Daran glaube ich nicht und werde auf diese Frage vorerst auch keine Antwort erhalten.

„Und wo ist er jetzt? Mr Norwood?“, fragt Terry.

„Im Urlaub. Auf den Philippinen, vermute ich", antwortet Mrs Dotch.

„Ich vermute eher eine Geschäftsreise als Urlaub." Terry verzieht die Mundwinkel zu einem sarkastischen Grinsen.

„Und Sie sind sicher, dass er im Urlaub ist?", frage ich.

„Er hat sich bei mir nicht abgemeldet. Das machen ja nun die Wenigsten. Heutzutage zumindest. Früher war das anders, da haben wir einander nach der Post oder den Blumen geschaut, wenn jemand fortfuhr."

„Also haben Sie ihn nicht mehr gesehen und vermuten, dass er unterwegs ist?" Das Ziehen in den Eingeweiden, was mir verrät, das etwas nicht stimmt, meldet sich zurück.

„Wenn Sie das so fragen." Mit der Fingerspitze fährt Mrs Dotch über den Henkel der Teetasse, ohne weiterzusprechen. Was unerheblich ist, da sie meine Frage beantwortet hat.

„Dann möchten wir Ihre Zeit nicht weiter in Anspruch nehmen." Ich erhebe mich, und Terry tut es mir gleich.

Ich weiß, dass es nun an der Zeit ist, Bruce einzuschalten.

Kapitel 7

„Hört sich wirklich nach einer seltsamen Geschichte an." Bruce verschränkt die Arme.

„Erinnert mich irgendwie an diesen Salvatore und die arme Carrie."

„Carrie?", fragt Terry.

„Die junge Frau, mit der ich vor Salvatore geflohen bin. Diesem schmierigen Zuhälter."

„Stimmt ja." Terry zieht ihre Schürze über den Kopf.

„Eindeutig zu viel los bei euch." Bruce kratzt sich am Kinn. „Ihr habt mehr solche Geschichten als ich. Dabei bin ich der Detective Chief Inspector."

„Eifersüchtig?" Ich drücke Bruce einen Kuss auf den Mund, den der erwidert.

„Vielleicht?" Er umschließt meine Taille mit seinen Armen und drückt mich an sich.

„Soll ich euch einen der Tische frei räumen, oder treibt ihr es gleich auf dem Tresen?"

Täusche ich mich, oder hat Terrys scherzhafte Frage einen gewissen Unterton?

„Beides eine zu harte Unterlage für meinen Geschmack, da warten wir lieber noch ab, bis wir zu Hause sind", erwidere ich.

Bruce gibt mich frei. „Meinst du, du könntest den Kerl mit der Narbe beschreiben?"

„Für eine Phantomzeichnung?", frage ich.

„Wir haben da eine Software für, aber im Grunde ist das Prinzip immer noch dasselbe."

Nach kurzem Nachdenken nicke ich. „Denke schon."

„Vermutest du, dass der Kerl etwas damit zu tun hat?", fragt Terry.

Bruce hebt beschwichtigend die Hände. „Noch wissen wir nicht, was mit eurem Vermieter los ist. Womöglich sitzt er doch Cocktail schlürfend auf den Philippinen."

„Und rekrutiert Frischfleisch. Widerlich." Terry sieht aus, als habe sie einen Schluck Essig getrunken.

„Ist das nicht strafbar?", wende ich mich an Bruce. „So ein ... Service?" Das letzte Wort auszusprechen, widerstrebt mir, aber ein besserer Ausdruck fällt mir auf die Schnelle nicht ein.

„Schwieriges Thema." Bruce legt die Arme auf dem Tresen ab. „Die Frauen werden meist nicht wirklich gezwungen."

„Kann mir nicht vorstellen, dass die Bock auf die Typen haben, die keine Frau hierzulande haben will", poltert Terry.

Bruce presst die Lippen zusammen. „Womöglich nicht, aber es ist ein Weg, um aus der Armut herauszukommen. Deshalb funktionieren diese Arrangements meist. Und rechtlich ist das eine Grauzone."

„Es sei denn, einer schlägt zu." Terry zieht die Brauen zusammen.

„Ich sage es ungern, aber selbst dann erdulden die meisten Frauen es so lange, bis sie die Staatsbürgerschaft erhalten."

„Von einem frauenversklavenden Fall zum nächsten." Ich massiere meine Schläfen. Obwohl ich erfahren möchte, ob und was mit dem Terminator passiert ist, in den letzten Wochen und Monaten haben sich zu viele menschliche Abgründe in unserer Nähe aufgetan. Wie lange können wir die noch umrunden, ohne hineinzufallen?

„Ich sagte ja, dass zu viel bei euch los ist", sagt Bruce und wirft mir einen vielsagenden Blick zu.

„Wir schaffen das schon, oder Terry?"

„Aber klar doch." Ihr breites Grinsen sorgt dafür, dass ich es tatsächlich glaube. „Außerdem können wir nichts dafür, dass uns die Fälle heimsuchen." Terry legt mir einen Arm um die Schulter.

Bruce sieht von Terry zu mir, zuckt dann mit den Schultern. „Ich erspare mir Belehrungen und gute Ratschläge, ich weiß ja, wohin sie führen."

„Das kommt davon, wenn Mann sich mit einer Konditorin einlässt", sagt Terry.

„Hat auch seine Vorteile." Bruce deutet auf die Espressotasse.

Mit erhobenem Zeigefinger gehe ich auf ihn zu. „Ist das der einzige Grund?"

Erneut legt er seine Arme um meine Hüfte und zieht mich heran. „Nicht der einzige, aber ein ziemlich wichtiger. Ich suche meine Freundin stets danach aus, wie sie Kaffee zubereiten kann. Als Nächstes teste ich dich im Hemdenbügeln und Bodenwischen."

„Macho!" Ich knuffe ihm gegen die Brust und kichere wie ein Teenager. In meinem Rücken kann ich Terrys entnervten Blick, den sie sicherlich aufgelegt hat, förmlich spüren. „Darauf komme ich später noch zurück", sage ich mit Blick in Bruce' braune Augen.

„Dann weiß ich schon, worauf ich mich freue."

Der Schwelbrand in meinem Innern lodert zu einem Feuer auf, und ich muss mich beherrschen, um nicht doch von Terrys Angebot, uns einen Tisch freizuräumen, Gebrauch zu machen.

„Seid ihr dann fertig?"

„Sorry." Die zarte Röte, die Bruce ins Gesicht steigt und wie er den Blick niederschlägt – ich wende meinen von ihm ab, denn Terry hat recht, dass dafür nicht der richtige Ort ist. „Sollen wir dann noch auf dem Revier vorbeischauen, bevor wir zu mir gehen?", fragt mich Bruce.

„Na klar." Ich kann zwar kaum noch abwarten, meinem sexy Detective Chief Inspector die Klamotten vom Leib zu reißen, aber hier geht es auch darum, Terry Respekt für ihre immerwährende Unterstützung zu zollen. Und dies auch in Zeiten, in denen ihr Kopf angefüllt ist von Gedanken an Philipp.

„Macht euch vom Acker, damit ihr endlich übereinander herfallen könnt." Terry wedelt mit den Händen, als würde sie einen Schwarm Fliegen verscheuchen.

„Und das Aufräumen?"

„Erledige ich schon. Du hast schließlich noch einige Male gut."

Auch damit hat sie recht, und ich staune, wie schnell sich im Leben die Angelegenheiten ändern können. Bis vor wenigen Wochen war ich noch diejenige, die meist die Letzte und Erste im Café war, während Terry ihr Liebesleben auskostete.

„Danke, Süße", sage ich und drücke Terry einen Kuss auf die Wange.

„Für einen Dreier bin ich nicht zu haben", sagt Terry grinsend.

„Du hast es versucht“, entgegnet Bruce gespielt enttäuscht und fasst mich an der Hand, um gemeinsam das Café zu verlassen.

„Ich frage mich, was er wollte“, denke ich laut.

„Ich bin zwar kein schlechter Ermittler, aber hier fehlt Kontext.“ Bruce lacht und stupst mir seine Hüfte in die Seite.

„Klar.“ Grinsend schüttele ich den Kopf. „In Gedanken bin ich schon bei dem Phantombild und muss deshalb an den Kerl denken, der ins Café kam.“

„Wenn er auf Schutzgeld oder Ähnliches aus gewesen wäre, hätte er sich anders verhalten.“

„Außerdem hätte er dann nicht gesagt, dass er dort wohnt, oder?“ Ich räuspere mich. „So seltsam das Ganze war, seine Überraschung wirkte echt.“

„Welche Überraschung?“

„Darüber, dass jetzt unser Café in den Räumen ist.“

„Hmm.“ Bruce denkt nach. „Das heißt, als er zum letzten Mal dort war, hattet ihr noch nicht eröffnet.“

„Genau. Und womöglich war dort vorher eine Wohnung, in der er tatsächlich gelebt hat.“

„Bedeutet, dass er irgendwohin verschwunden ist.“

„Wieso?“

„Wann habt ihr das Café eröffnet?“

„Vor mehr als einem halben Jahr.“

„Der Umbau wird ebenfalls Zeit gekostet haben. Selbst wenn es stimmt, dass er dort Mieter war, muss das mindestens ein Dreivierteljahr her sein. Beziehungsweise war er seit dieser Zeit nicht mehr vor Ort.“

„Jetzt weiß ich wieder, warum du Detective Chief Inspector bist.“

„Du würdest dich wundern, was noch alles in mir schlummert."

„Später", flüstere ich, denn schon wieder entfachen Bruce' Doppeldeutigkeiten das Feuer in mir.

„Ist notiert."

Die letzten Schritte bis zum Revier legen wir schweigend zurück, was nicht unangenehm auf mir lastet. Vielmehr trägt mich die Welle der Zuneigung, die ich ihm gegenüber empfinde, und der Eindruck, dass sich die wechselseitig verstärkt.

Kapitel 8

„Sieht irgendwie aus wie ein klassischer Bösewicht." Mit verengten Lidern betrachtet Terry das Phantombild, das Bruce gestern nach meinen Angaben erstellte.

„Ich hoffe, dass ich mich nicht davon hab leiten lassen."

„Von was?"

„Vom Bild eines Bösewichtes, das ich in meinem Hirn mit mir herumtrage."

„Ach so. Ganz frei machen kann man sich davon nicht, glaube ich. Aber die Narbe ist so markant, dass man ihn auch so wiedererkennen würde."

„Weißt du, was vorher hier war?" Mit einer ausholenden Armbewegung bedeute ich Terry, dass ich das Café meine.

„Keine Ahnung. Als ich die Anzeige entdeckte, standen die Räume bereits leer, und danach habe ich auch nicht gefragt."

„Ob der Makler das weiß? Erinnerst du dich noch, wer das war?"

„Du fragst ja Sachen."

„Liegt daran, dass ich gestern mit Bruce durchgegangen bin, was der Typ gesagt hat."

„Und ich dachte, ihr geht andere Sachen durch."

Ich steige nicht auf Terrys anzügliches Grinsen ein.

„Er war offenkundig überrascht, dass unser Café hier

ist, was bedeutet, dass er nicht mehr in der Gegend war, seit wir eröffnet haben."

„Ist das ungewöhnlich?"

„Ja und nein. Die Art, wie er hier reingestiefelt ist, als gehöre ihm das Gebäude."

„Das macht aus ihm einen Idioten, der sich in guter Gesellschaft befindet. Solche Typen laufen einem doch immer wieder über den Weg."

„Aber so war das nicht", beharre ich. „Er hatte etwas Aggressives, sicherlich, aber eher, weil sich seine Erwartungen nicht erfüllt haben. Ich weiß, dass sich das komisch anhört, aber ich kann es nicht besser formulieren."

Terry wiegt den Kopf. „Ich verstehe, was du meinst. Als wenn er hier früher tatsächlich gewohnt hätte?"

„Zumindest erscheint mir plausibel, dass er hier ein- und ausging. Das habe ich schon mit Bruce besprochen, und wir haben vermutet, dass das vorher wirklich mal eine Wohnung gewesen sein könnte."

„Gute Überlegung. Fraglich wäre dann, warum er einige Zeit nicht mehr hier war, und weshalb er zurückkam." Terry kratzt ihre Braue knapp neben dem Piercing.

„Der Mietvertrag", sage ich. „Steht da nicht der Makler drin, der uns die Wohnung vermittelte?"

„So was ist eher deine Baustelle."

„Dann lass uns nachschauen."

Dieses Mal muss ich nicht suchen, schließlich habe ich den Mietvertrag erst vor Kurzem, zwecks Adressrecherche, in den Fingern gehabt. „Hier steht es. Vermittelt von Redbrook Real Estate, Dale Cooper."

„Ist das nicht der Detective aus Twin Peaks?" Terry grinst.

„Aus was?"

„Twin Peaks? Thriller-Serie aus den Neunzigern? Das glaube ich jetzt nicht."

„Sweetheart, vertagen wir das auf ein anderes Mal?"

„Aber so was von, die Serie musst du nämlich sehen."

„Ist vermerkt. Jetzt würde ich allerdings gerne diesen Dale Cooper sehen. Den Makler und nicht den Detective." Ich zwinkere Terry zu.

„Hab ihn schon." Sie hält mir das Handy hin, und auf dem Display sehe ich die Website von Redbrook Real Estate. „Willst du anrufen?"

„Kann ich machen."

Terry reicht mir das Smartphone, und ich tippe auf die Telefonnummer. Nach zweimaligem Klingeln meldet sich eine Frauenstimme.

„Mein Name ist Linn Fleet. Ich würde gerne mit Dale Cooper sprechen."

„In welcher Angelegenheit möchten Sie Mr Cooper sprechen?"

„Er hat uns vor circa einem halben Jahr Geschäftsräume vermittelt, und ich hätte diesbezüglich eine Rückfrage."

Kurzes Zögern, und ich erwarte bereits eine weitere Frage der Sekretärin, doch stattdessen bittet sie mich, einen Moment zu warten, woraufhin Musik ertönt. „Was kann ich für Sie tun, Miss Fleet?", ertönt wenige Sekunden später eine Männerstimme.

„Mr Cooper?"

„Am Apparat." Das klingt genervt.

„Ich weiß nicht, ob Sie sich noch an mich und meine Freundin Terry Bradford erinnern? Sie haben uns die Räumlichkeiten für unser Café vermittelt. In der Beak Street in Soho.“

„Miss Fleet. Seien Sie mir nicht böse, aber bei der Anzahl an Vermittlungen, die ich monatlich abwickele, kann ich mich selten an Fälle erinnern, die Monate zurückliegen. Außerdem benötige ich dafür auch meine Zeit. Deshalb würde ich Sie bitten, mir zügig den Grund Ihres Anrufs mitzuteilen.“ Ihm ist anzuhören, dass er sich um einen freundlichen Tonfall bemüht, und anstatt mich darüber zu ärgern, schäme ich mich. Wie naiv bin ich gewesen zu denken, er könne sich noch an uns erinnern?

„Mr Cooper, ich möchte Ihre Zeit nicht überbeanspruchen.“ Ich schaue auf den Mietvertrag. „Am zehnten Januar dieses Jahres haben wir den Mietvertrag für unsere Geschäftsräume unterzeichnet, und ich habe eine Frage zu den Räumlichkeiten, beziehungsweise, ob Sie wissen, was vorher hier war. Also, ob es zuvor eine Wohnung war.“

„Warum möchten Sie das wissen?“ Cooper seufzt. „Ist nicht wichtig. Zehnter Januar dieses Jahr und Beak Street. Einen Augenblick.“ Das klackernde Geräusch einer Tastatur ist zu vernehmen. „Hier habe ich es. Wir sind uns einig, dass ich Ihnen diese Information bereits damals mitgeteilt habe, als Sie sich für das Objekt interessiert haben?“

Mir ist klar, worauf Cooper hinaus will. „Selbstverständlich.“

„Gut. Damals hab ich Ihnen gesagt, dass es sich zuvor um Wohnräume handelte, die dann zu Geschäftsräumen umgewandelt wurden."

„Ist das nicht ungewöhnlich?"

„In Ihrer Gegend? Überhaupt nicht. Für Geschäftsräume lässt sich eine deutlich bessere Miete erheben, zudem haben die Vermieter meist weniger Probleme als mit Privatleuten."

„Wer zuvor hier gelebt hat, wissen Sie sicherlich nicht?"

„Miss Fleet, ich denke, das waren ausreichende Informationen, die ich Ihnen damals gegeben hab. Sicherlich sind Sie der gleichen Auffassung?" Cooper hat diesen Tonfall, den ich auch von meiner Mom kenne und fürchte. Keine Widerworte! Und so bejahe ich, woraufhin Cooper das Gespräch zügig beendet.

„Meinst du, der Kerl hat vorher hier gewohnt?"

Kurz denke ich nach, nicke dann. „Könnte sein."

„Irgendetwas muss passiert sein." Mit dem Zeigefinger tippt sich Terry ans Kinn.

„Angenommen, der Kerl hat hier gewohnt, und irgendetwas hat dazu geführt, dass er die Wohnung verlassen hat und daraus dann Geschäftsräume gemacht wurden."

„Ohne weitere Informationen kommen wir da nicht weiter."

„Wie wäre es, wenn wir uns in der Nachbarschaft mal umhören?", frage ich. „Irgendjemand wird es doch geben, der schon länger hier lebt und weiß, wer hier zuvor gewohnt hat."

„Bestimmt. Es ist zwar etwas spät, um sich vorzustellen, aber wir können es doch einfach als Gruß verkaufen. Nehmen ein paar Muffins mit und sagen hier und dort ‚Hallo‘?“

„Gute Idee.“ Ich gehe an unsere Kuchentheke, in der ich noch Schokoladen- und Blaubeermuffins erspähe. „Dann lass uns die mal einpacken.“

Kapitel 9

„Das ist ja lieb!" Die dunkelhaarige Frau mit der goldumrandeten Brille klatscht verzückt in die Hände.

„War ja längst überfällig. Wir müssen uns entschuldigen, nicht zu Beginn die Vorstellungsrunde absolviert zu haben." Ich lächle schuldbewusst.

„Ach, Quatsch! Die Hauptsache ist doch, dass ihr es jetzt macht. Ich bin übrigens Gwen." Sie reicht erst mir, dann Terry die Hand. „Wollt ihr reinkommen?"

„Wir wollen dich nicht stören."

„Nö, ich freue mich doch immer über netten Besuch."

„Ob wir nett sind, weißt du noch nicht." Terry grinst frech.

„Falls nicht, lass ich meinen Tiger auf euch los." Gwen deutet auf einen Kratzbaum im Flur, auf dessen Spitze ein getigerter Kater sitzt, der dabei ist, sein Fell zu putzen. „Lasst euch nicht vom unschuldigen Blick täuschen." Sie streichelt ihm über den Kopf, woraufhin der Kater die Augen schließt und schnurrt. „Lancaster hat das Herz eines Kämpfers."

Nachdem wir in die Küche gegangen und dort am Tisch Platz genommen haben, lässt Gwen sich nicht davon abbringen, uns einen Tee zu zubereiten.

„Du wohnst schon länger hier?", frage ich.

„Fast acht Jahre."

„Uns würde interessieren, wer vorher in unserem Café gewohnt hat. Als es noch kein Café war." Ich schüttele grinsend den Kopf. „Das habe ich jetzt sehr seltsam formuliert."

Gwen hebt den Teebeutel an der Schnur aus der Tasse und legt ihn auf einem bereitgestellten Teller ab. „Keine Sorge. Ich habe verstanden und kann mich sogar gut an Mrs Williams erinnern. Eine freundliche, ältere Dame. Leider vor einem Jahr verstorben."

„Woran ist sie gestorben?", frage ich.

„Keine Sorge. Falls ihr befürchtet, euer Café ist ein Tatort, kann ich euch beruhigen." Gwen grinst kurz, wird dann wieder ernst. „Wie gesagt, Mrs Williams war zweiundneunzig, dafür zwar noch rüstig, bekam dann aber eine Lungenentzündung. Ich habe sie noch in der Klinik besucht."

„Dann hattest du einen engeren Kontakt zu ihr?", fragt Terry.

Gwen zuckt mit den Schultern. „Ist die Frage, wie ihr ,enger Kontakt' definiert. Wir hatten ein gutes nachbarschaftliches Verhältnis. Ich habe ihr hin und wieder mit den Einkäufen geholfen, und wenn ich im Urlaub war, hat sie nach Lancaster geschaut. Wir haben uns nicht regelmäßig zum Tee verabredet oder so etwas." Sie trinkt von ihrem Tee. „Ich habe sie bewundert. Nicht nur, weil sie nicht zu den alten Menschen gehörte, die ständig jammern, obwohl sie allen Grund dazu gehabt hätte."

„Wie meinst du das?" Meiner Tasse entnehme ich ebenfalls den Teebeutel und platziere ihn auf dem Teller.

„Ihr Sohn – das war schon eine üble Geschichte."

Auf meinem Stuhl rücke ich nach vorne. Jetzt wird es interessant!

„Wenn ein Mann noch so lange bei seiner Mutter lebt, finde ich das ohnehin seltsam. Keine Ahnung, wie es euch geht?" Gwen wirft uns einen fragenden Blick zu und registriert das Nicken, das sie erntet. „Hinzu kam, dass er was Verschlagenes hatte. Nicht nur wegen der Narbe."

„Was für eine Narbe?" Es fällt mir schwer, die Aufregung aus meiner Stimme herauszuhalten.

„Er hat behauptet, sich als Kind an der Tür eines Kaninchenstalls verletzt zu haben. Ein Draht hätte ihm das Gesicht zerkratzt." Mit dem Finger fährt sich Gwen über ihr Gesicht und zeichnet so den Verlauf nach, den ich bereits vermutet habe. „Bei den krummen Dingern, die er gedreht hat, glaube ich eher, dass einer seiner Kumpanen ihn mit einem Messer verletzt hat oder so etwas."

„Krumme Dinger? Kumpanen? Jetzt rück schon raus damit", sagt Terry.

„Es ist einige Jahre her, da hat Matthew eine Bank ausgeraubt."

„Nicht dein Ernst!" Mit der Handfläche schlage ich auf den Tisch. Eine impulsive Reaktion, da ich endlich bestätigt sehe, was ich bereits die ganze Zeit vermute, dass der Kerl ein Krimineller ist.

„Es wird noch besser." Gwen lehnt sich vor, als käme sie nun zum vertraulichen Teil ihrer Erzählung. „Matthew hat nicht gerade mit geistvollen Handlungen geglänzt, dieser Tag aber gehört sicherlich zu seinen dümmlichen Glanzleistungen. Kennt ihr die Filiale der HSBC in der Oxford Street?"

Wir bejahen.

„Am helllichten Tage spaziert Matthew da rein mit einer Waffe, und es gelingt ihm tatsächlich, einhunderttausend Pfund zu erbeuten. Was wohl die Summe war, die an den Schaltern zur Verfügung stand, ohne in den Tresorraum zu müssen. Und anschließend stiefelt er seelenruhig aus der Bank und geht zu Fuß nach Hause."

„Du meinst zu seiner Mutter? In die Wohnung, die jetzt unser Café ist?", frage ich.

„Exakt." Gwen schüttelt grinsend den Kopf. „Das ist eine Story, die man nicht glauben würde, wenn man sie in einem Film sieht oder Buch liest. Natürlich wurde er schon kurze Zeit später geschnappt. Die arme Mrs Williams wusste nicht, wie ihr geschah. Immerhin war sie da schon Mitte achtzig. Ohnehin nichts, was eine Mutter erleben sollte, in dem Alter aber schon mal gar nicht."

„Dann kam er also in den Knast?", fragt Terry.

„Jepp. Fünf Jahre haben sie ihm aufgebrummt. Damit ist die Geschichte aber noch nicht fertigerzählt." Gwens Grinsen wird breiter. „So dämlich unser Matthew in der Ausübung des Raubes war, desto mehr Geschick hat er beim Verstecken der Beute bewiesen, denn die wurde bis heute nicht gefunden."

„Wenn er direkt nach Hause gegangen ist und dabei beobachtet wurde, kann das Geld doch nur dort sein?", frage ich.

„Sie haben die Wohnung der armen Mrs Williams auf den Kopf gestellt. Das weiß ich, weil sie mir das unter Tränen erzählt und ich ihr beim Aufräumen geholfen habe. Aber nichts. Sogar im Golden Square wurde an einer Stelle gegraben, an der ein Augenzeuge Matthew gesehen haben wollte. Schwachsinn, wenn ihr mich fragt. Eine weitere Theorie war, dass er auf dem Weg einen Komplizen getroffen und die Beute weitergereicht hat." Gwen leert ihre Tasse.

„Und die Geschichte ist fünf Jahre her?" Mit einem Schluck Tee befeuchte ich meine staubtrockene Kehle.

„So in etwa. Nicht ganz, denke ich, aber müsste da nochmal nachrechnen."

„Das heißt, dass Matthew seine Strafe abgesessen haben könnte."

Gwen hebt die Brauen. „Da gibt es wohl etwas, das ihr mir erzählen könnt."

Einen Augenblick zögere ich, kann ich einer Fremden von unserem seltsamen Besucher erzählen? Andererseits ahnt sie das ohnehin schon, und ohne Verweis auf den Terminator und dessen Geschichte, ist es nur eine kuriose Begebenheit. Außerdem führt es womöglich dazu, dass Gwen sich noch an etwas erinnert. „Ich glaube, dass Matthew vor einigen Tagen zu uns ins Café gekommen ist. Es war irgendwie surreal. Er hat mich gefragt, was wir da machen, und wie das Café in die Räume kommt."

„Hört sich nach Matthew an." Gwen schiebt ihre Tasse von sich weg. „Subtilität gehört ebenfalls nicht zu seinen Kernkompetenzen."

„Ist er gefährlich?", frage ich.

Gwen stößt Luft aus. „Ich habe bereits seine Narbe erwähnt, die euch bestimmt aufgefallen ist?"

„Klar. Daran habe ich ihn gleich wiedererkannt." Mit den Händen reibe ich meine Oberarme, als wäre mir kalt. Tatsächlich lässt mich der Gedanke an einen Ex-

Häftling, der womöglich unser Café beobachtet, frösteln.

„Ich möchte euch keine Angst machen, und Matthew und Matthews Verstand sind ein Acker, der höchstens Dörrobst hervorbringt, aber er ist verschlagen und schreckt vor nichts zurück."

„Es sei denn, er ist auf Bewährung draußen", sagt Terry, aber es klingt kleinlaut, was mich noch mehr schockt als Gwens Aussage über Matthew.

„Jetzt habe ich euch doch Angst gemacht, sorry. Ich bin die Trulla, die im Horrorfilm die Warnungen ausgibt, an die sich keiner hält." Gwen lacht, und ich möchte einstimmen, doch mehr als ein halbherziges Lächeln ist nicht drin. Und auch Terrys Gelächter klingt gekünstelt.

Wir verabschieden uns, und mir liegt der Eindruck schwer im Magen, mehr erfahren zu haben, als mir lieb ist.

Kapitel 10

„Das müssen wir unbedingt Bruce erzählen. Irgendwie habe ich jetzt mehr Schiss als vorher."

„Kann ich verstehen." Terry hakt sich bei mir ein. Etwas, was mich normalerweise mit Wärme durchflutet. Jetzt aber ist es eisige Kälte. Sie ebenfalls verängstigt zu erleben, nährt meine Angst.

„Vielleicht kann er ja jemanden abstellen, der ein Auge auf uns hat." Das halte ich zwar selbst für unwahrscheinlich, aber da zu befürchten steht, dass Terry als Mutmacher dieses Mal ausfällt, möchte ich zumindest versuchen, diese Rolle zu übernehmen. „Er wird uns schon nicht am helllichten Tag überfallen." Kurz lehne ich meinen Kopf gegen Terrys Schulter.

„Das wohl nicht, aber wir sollten vorbereitet sein." Das klingt schon mehr nach meiner Terry.

„Einverstanden."

Das scheint uns beide zu beflügeln, denn der zuvor schlendernde Schritt wird beschwingter.

„Wir sollten uns einen Plan überlegen, was wir machen, wenn er zurückkehrt."

„Du glaubst es auch, oder?"

Terrys Augen verengen sich, was mir klarmacht, dass ich die Frage nicht weiter ausführen muss. „Tue ich. Der einzig logische Schluss, warum er zurückkam.

Vom Tod seiner Mutter wird er sicherlich auch im Gefängnis erfahren haben.“

„Davon gehe ich aus. Doch, wo hat er es versteckt?“

Eine Frau mit Einkaufstüte in der Hand drückt sich kopfschüttelnd an uns vorbei, da wir ihr kaum Platz auf dem Gehweg lassen.

„Gute Frage. Da die Polizei es nicht gefunden hat und anschließend umgebaut wurde, muss es ein gutes Versteck sein.“ Ich bleibe abrupt stehen, und da Terry noch bei mir untergehakt ist, stoppe ich auch sie. „Hey! Was ist denn los?“

„Vielleicht war das der Grund für den Umbau.“

Terry starrt mich an, dann weiten sich ihre Augen. „Ein kluger Einfall, der bedeuten würde, dass der Terminator mit Matthew unter einer Decke steckt.“

„Zumindest, dass er von dem Überfall wusste.“ Dieses Mal bemerke ich den Gegenverkehr, und wir machen dem Herrn, der uns entgegenkommt, Platz. „Mein Bauchgefühl sagt mir ohnehin, dass mehr hinter diesen Treffen in seiner Wohnung steckt als die verquere Partnerbörse.“

„Der Terminator ist ein unangenehmer Typ, und ich traue ihm so etwas zu, aber eines ist er nicht.“ Terry wirft mir einen Seitenblick zu. „Er ist nicht unorganisiert. Was Gwen von Matthew erzählt hat, war sehr konfus.“

„Stimmt schon. Außerdem wäre er sicherlich unter Verdacht geraten, sogar als Mittäter verurteilt worden, wenn er daran beteiligt gewesen wäre.“

„Andererseits verstehe ich nicht, warum er uns die Räume vermietet hat, falls er vermutete, dass Matthew die Beute dort versteckt hat.“

„Wenn er nichts gefunden hat, vermutet er das nicht mehr.“ Ich dränge Terry sanft nach links, um einem Laternenpfahl auszuweichen. „Ebenso gut kann der Terminator aber auch nichts von allem wissen und wollte einfach nur bessere Konditionen beim Vermieten, wie es der Makler gesagt hat.“

Wir erreichen unser Apartment und betreten gemeinsam die Küche. „Noch einen Tee?“, frage ich. „Der Appetit ist mir vergangen.“

„Mir auch.“ Terry setzt sich an den Küchentisch. „Aber einen Tee würde ich gerne noch mit dir trinken.“

Ich verstehe die Botschaft. „Wie läuft es denn bei dir und Philipp?“, frage ich, während ich den Wasserkocher fülle.

„Um ehrlich zu sein. Gar nicht.“ Terry schlägt die Beine übereinander und fixiert anschließend die Tischplatte.

„Wann habt ihr euch zum letzten Mal gesehen?“

„Vor ein paar Tagen.“ Sie beginnt, mit ihrem Stuhl zu wippen. „Um ehrlich zu sein, gehe ich ihm aus dem Weg.“

„Willst du Schluss machen?“ Zwei Tassen hole ich aus dem Hängeschrank und versehe die mit Teebeuteln.

Terry seufzt. „Ja und nein. Einerseits denke ich, dass es nur fair ist, uns beiden gegenüber. Andererseits frage ich mich, ob ich mir das gut überlegt habe. Vielleicht ist es nur eine vorübergehende Phase, und später bedaure ich das.“

Ich hocke mich neben sie und ergreife ihre Hände.

„Ist das bescheuert?“ Sie schaut mich traurig an.

„Überhaupt nicht. Kann ich nachvollziehen. Du hast ihn geliebt, liebst ihn womöglich immer noch. Aber manchmal funktioniert es trotzdem nicht."

Terry schluckt, und ich sehe das Glitzern in ihren Augen.

„Lass es ruhig raus." Kaum habe ich das ausgesprochen, laufen die Tränen. Ich ziehe sie an mich, um ihr über den Kopf zu streichen. Mir fallen keine klugen Worte ein, und ich glaube auch nicht, dass die nötig sind. Einfach da sein, Trost spenden. Ist es nicht das, was jeder in so einem Moment benötigt?

Als der Wasserkocher sich mit einem Klacken abschaltet, hebt Terry ihren Kopf von meiner Schulter. „Hast du ein Taschentuch?", fragt sie.

Ich muss lächeln, da sie in diesem Augenblick niedlich aussieht. Als wäre sie wieder ein Kind und beim Rollschuhlaufen gestürzt, was uns beiden häufig passiert ist.

„Was?", fragt sie, mein Grinsen erwidernd.

„Weißt du noch, wie du mich damals getröstet hast, als wir noch Kinder waren?"

„Du meinst mit einem Sugar-Munch?"

„Ganz genau. Wann haben wir das zum letzten Mal gemacht?"

„Keine Ahnung. Jahre?"

„Dann wird es höchste Zeit. Willst du mitkommen oder schon mal einen Film raussuchen?" Mein Herz vollführt einen Satz, als sich Terrys Miene aufhellt.

„Ich komme mit. Mit deinem Sport und reichhaltigen Sexleben habe ich Sorge, dass du nicht mehr weißt, was zu einem guten Sugar-Munch gehört."

„Hört, hört." Ich knuffe ihr gegen die Schulter. „Das mit dem Sport verstehe ich, aber der Sex?"

Terry schiebt die Unterlippe vor. „Wollte dich nur ein bisschen ärgern."

Ein weiteres Mal drücke ich sie. „So gefällst du mir schon besser."

Und so brechen wir auf in den nahegelegenen Tesco Express, um uns für den Sugar-Munch auszustatten. Eine Bezeichnung, die noch aus Kindertagen stammt und Umschreibung für eine Fress-Orgie ist, bei der wir uns neben Zuckrigem möglichst triviale Serien- oder Filmkost reinziehen.

Wie damals funktioniert der einfache Plan. Wir stopfen uns voll, bis uns schlecht ist und schlafen irgendwann auf meinem Bett vor einem „Scrubs-Marathon", eine unserer absoluten Lieblingsserien, ein.

Kapitel 11

„Ich werde schauen, was ich über diesen Matthew Williams finde. Da müsste es ja eine dicke Akte geben, bei dem, was er auf dem Kerbholz hat." Bruce vermerkt den Namen in seinem Notizblock.

„Um ehrlich zu sein, Terry und ich haben etwas Schiss. Sogar ziemlich viel." Ich schlucke geräuschvoll.

Bruce faltet die Hände auf seinem Schreibtisch und sieht mich an. Es ist seltsam, hier in seinem Büro, das ich, seit wir zusammen sind, nur noch selten aufgesucht habe, ist die Zeit stehen geblieben. Für mich ist er hier immer noch der Detective Chief Inspector und nicht Bruce, mein Freund. Zugegebenermaßen ist das in der momentanen Situation, da Terry und ich einen Kriminellen fürchten, sogar beruhigend.

„Obwohl ich es gut finde, dass ihr mal nicht völlig furchtlos seid, macht euch nicht zu viele Gedanken. Denn ihr seid dafür einer anderen Eigenschaft treu geblieben."

„Und die wäre?"

„Dass ihr gleich eine Geschichte konstruiert."

„Ich habe dir doch erzählt, was Gwen gesagt hat."

„Genau. Und auf dieser Erzählung habt ihr eure aufgebaut."

„Du glaubst mir also nicht. Nach allem, was wir schon erlebt haben. Wo ich so oft mit meinen ‚Geschichten'", bei diesem Wort zeichne ich Anführungszeichen in die Luft, „richtig lag und wir dir auch bei deinen Ermittlungen geholfen haben?"

„Linn, sorry. Das kam jetzt falsch rüber." Er möchte nach meinen Händen greifen, aber ich ziehe sie zurück und verschränke die Arme vor der Brust.

„Weißt du was? Überhaupt nicht. Ich bin froh, dass ich jetzt weiß, was du von mir und meinen Geschichten hältst." Ich springe auf.

„Linn. Jetzt beruhige dich mal und lass uns darüber sprechen."

Du steigerst dich da rein. Nur ein Flüstern in der Peripherie meines Denkens, das von meiner kochenden Wut eingenommen wird. „Da gibt's nicht zu sprechen", sage ich trotzig und stürme zur Tür. Die reiße ich auf und stehe einer verdutzt dreinblickenden Lindsey gegenüber.

„Ist alles in Ordnung?", fragt sie.

Ich will im Boden versinken, aber die Verärgerung krallt sich immer noch mit glühenden Klauen in mir fest und verhindert, dass ich mich beruhige und auf Bruce' vernünftigen Vorschlag, in Ruhe über alles zu sprechen, eingehe. Stattdessen würdige ich Lindsey, Bruce' attraktive Kollegin, von der ich immer noch glaube, dass sie ein Auge auf meinen Freund geworfen hat, keines weiteren Blickes und eile an ihr vorbei, was die Aktion noch beschämender macht.

Draußen empfängt mich der Londoner Regen, und ohne Schirm bin ich in kürzester Zeit durchnässt. Was mehr als passend ist und meinem Selbstmitleid, das die Wut ablöst, Nahrung gibt. Mit gesenktem Kopf trotte ich zurück ins Café, wo ich Terry allein gelassen habe, um persönlich mit Bruce zu sprechen. Was mir passender erschien.

Und wenn ihr etwas passiert ist, als du nicht da warst? Wenn Matthew uns beobachtet und nur darauf gewartet hat? Jetzt gesellen sich noch Schuldgefühle hinzu.

„Ach, du Scheiße! Du Arme! Komm schnell rein." Empfängt mich Terry, die mich wohl kommen gesehen hat und im Rahmen der Eingangstür steht, die sie aufhält.

Das Café ist halb besetzt mit Gästen, die mich mitleidig anstarren. Dass ich vor Nässe triefe, hat zumindest den Vorteil, dass niemand erkennt, dass ich geheult habe. „Ich hatte keinen Schirm", sage ich. Was Besseres fällt mir nicht ein.

Terry glotzt mich an und bricht dann in Gelächter aus. „Sorry! Aber ..." Sie wiehert wieder los. „Du ... total nass, und dann sagst du auch noch ..."

Ich stimme ein, denn die Absurdität der Situation ist tatsächlich witzig, und nach der Heulerei tut Lachen gut.

„Komm mit nach hinten, damit du dich wenigstens abtrocknen kannst." Terry begleitet mich in die Backstube, wo sie Handtücher aus dem Schrank nimmt, die sie mir reicht. „Wie war es bei Bruce?"

„Später", antworte ich.

Sofort weiß Terry, was Sache ist und nickt. „So kannst du nicht arbeiten. Wenn der Regen nachlässt, lauf doch eben nach Hause und komm nach einer Dusche zurück."

Etwa eine halbe Stunde später ist es so weit. Immer noch fallen Tropfen vom Himmel, aber lediglich vereinzelt, so dass ich den Weg zu unserem Apartment antrete. Nach der Dusche und in frischen Klamotten fühle ich mich weniger hoffnungslos, greife dieses Mal einen der Schirme, die an unserer Garderobe hängen, und gehe zurück zum Café.

„Schau mal, wer da ist", sagt Terry, nachdem ich eingetreten bin, und deutet auf die Theke.

Obwohl sie das nicht gehört haben kann, dreht sich der dunkle Schopf zu uns um, und ich blicke in Abbeys Gesicht. Schon ist sie vom Hocker gesprungen und auf mich zugestürmt, um mir um den Hals zu fallen. „Ich freue mich so, dich zu sehen. Ist schon ewig her."

Terry und ich kennen Abbey von unserem zweiten Fall – Abbey war Norahs Kollegin bei der Telefonseelsorge und hat uns nicht nur bei der Aufklärung der Umstände zu Norahs Tod unterstützt, sondern ist auch eine Freundin geworden.

„Ich habe ein schlechtes Gewissen", spreche ich in Abbeys Ohr. „Schließlich wollte ich mich melden. Aber dann ist so viel passiert."

„Hat Terry schon erzählt." Einen Augenblick hält Abbey mich an den Schultern und strahlt mich weiter an, was mein schlechtes Gewissen noch vergrößert. „Ist wirklich kein Problem. Ihr scheint jetzt fest zur Verbrecherabwehr Londons zu gehören, da bleibt wenig Zeit für andere Dinge. Und, wie ich außerdem gehört habe, bist du jetzt in festen Händen." Sie zwinkert mir zu.

„Da wurdest du schnell und umfassend auf den neuesten Stand gebracht." Ich nehme meine Schürze vom Haken und binde sie mir um.

„Nimm es Terry nicht übel. Sie wollte es zunächst nicht erzählen, aber ich war zu neugierig."

„Ist nichts, was ich verheimliche", sage ich, registriere aber, dass mein Bauch, der sich ziehend zu Wort meldet, das anders sieht. Eigentlich möchte ich selbst diejenige sein, die über mein Privatleben spricht. Zwar hätte ich Abbey davon erzählt und weiß, dass Terry mir nicht mit böser Absicht zuvor gekommen ist, aber ganz so locker, wie ich es vorgebe, kann ich das nicht hinnehmen.

„Ich freue mich total für dich."

„Danke. Aber was ist bei dir los? Wie läuft es mit dem zweiten Wagen?"

„So viel zu tun. Das kannst du dir nicht vorstellen. Die Welt wird immer verrückter." Abbey löffelt sich einen Teil der Schaumkrone ihres Cappuccinos in den Mund. „Wir haben jetzt immer öfter Männer, die von ihren Frauen schikaniert und sogar bedroht werden."

Mit einem Lappen wische ich über die Kaffeemaschine. „Kommt wahrscheinlich öfter vor, als man denkt. Ich könnte mir vorstellen, dass es einem Kerl noch schwerer fällt, das zuzugeben, als einer Frau."

„Ist auch so. Und natürlich besteht die Problematik schon länger, sicherlich ebenso lang wie der umgekehrte Fall, aber in letzter Zeit häufen sich die Fälle."

„Das ist seltsam. Gibt es ein Muster?"

Abbey legt den Kopf schief. „Wir halten nur kurze Gespräche ab. Maximal dreißig Minuten, um der Nachfrage zumindest einigermaßen nachzukommen. Da können die Therapeuten nicht wirklich in die Tiefe gehen, und sie halten auch nur wenige Eckpunkte der Gespräche fest, die ich dann katalogisiere, um festzustellen, für welche Art von Problemen die größte Nachfrage besteht." Der Rest der Schaumkrone wandert vom Löffel in ihren Mund. „Aber die Statistik ist eindeutig."

„Könnte auch ein Verzerrungseffekt sein."

Abbey sieht mich fragend an.

Ich grinse. „Reste aus meinem Biologiestudium, den Anfängen davon. Die Untersuchungsgruppe ist entscheidend. Wenn ihr euch beispielsweise auf einen bestimmten Stadtteil konzentriert, in dem eine Problematik häufiger vorkommt ..."

„... entdeckt man sie auch häufiger. Klar. Aber das ist nicht der Fall. Mit dem zweiten Wagen haben wir unsere Kapazität erhöht, aber die Route nicht verändert. Beide Fahrzeuge suchen nach und nach dieselben Standorte auf."

Ein Gast hebt die Hand, und ich bitte Abbey um Entschuldigung, bevor ich hingehe, um die Bestellung aufzunehmen. Du hast ebenfalls kein realitätsnahes Bild in deinem Kopf, sage ich zu mir selbst, denn eine Frau, die ihren Mann bedroht, sogar misshandelt, ist für mich schwer vorstellbar. Ist die Rolle des „starken Geschlechts" in unseren Köpfen derart zementiert, dass sie nur mit großer Mühe ins Wanken zu bringen ist? Außerdem bedarf es keiner körperlichen Überlegenheit, um jemanden zu dominieren. Ich denke an den Pinguin und dass Bruce damals erzählte, dass der ebenfalls durch seine Frau misshandelt wurde. Dass er keinen anderen Ausweg sah, als sie umzubringen, zeigt, unter welchem Druck er stand.

Abbey zieht sich ihre Jacke an, als ich zum Tresen zurückkehre. „Du musst schon wieder los?“, frage ich.

„Leider ja.“

„Das kann doch nicht so schwierig sein, dass wir uns mal ohne Zeitdruck treffen.“

„Bekommen wir auch noch hin.“ Sie drückt mich kurz an sich. „Aber mach dir deswegen keinen Stress. Ich gehöre nicht zu denen, die gleich angefressen sind, weil die anderen Menschen auch ein Leben haben. Wenn die Zeit dafür ist, wird es auch klappen.“ Sie holt das Handy aus der Tasche. „Was bin ich euch schuldig?“

Mit in die Hüften gestemmten Händen sehe ich Abbey tadelnd an. „Das ist ja wohl nicht dein Ernst. So weit kommt es noch, dass du uns besuchst und für deinen Kaffee zahlst.“

Das bringt sie zum Lachen. „Dann vielen Dank und bis hoffentlich bald.“

Ich sehe ihr zu, wie sie sich um einen Tisch herumschlängelt, um sich von Terry zu verabschieden und dann das Café verlässt. Wie herrlich unkompliziert Abbey ist, doch ähnlich wie bei Gutmütigkeit kann das dazu führen, dass man ständig hinten runterfällt. Ich nehme mir fest vor, mich zeitnah bei ihr zu melden, und vernehme sogleich das Stimmchen, das das Schiefgehen meines Vorhabens prophezeit.

„Alles in Ordnung?“, frage ich, als Terry zur Theke kommt. Die gerunzelte Stirn beim Blick auf ihr Handy liefert mir im Grunde bereits die Antwort.

„Keine Ahnung. Roger hat schon zweimal versucht, mich anzurufen.“

Bei einem Ranking bezüglich des Eltern-Kind-Verhältnisses würden weder Terry noch ich besonders gut abschneiden. Wobei die Verbindung zu meiner Mutter passiv-aggressiver Natur ist, während Roger und Terry als Vater-Tochter-Gespann eher einem Außerirdischen gleichen, der auf dem Planeten des Anderen gelandet ist. Wer von beiden das Alien ist, liegt wohl im Auge des Betrachters.

„Ruf ihn doch zurück. Ich kann hier übernehmen." Die mahlenden Kiefer verraten mir Terrys Zwiespalt, und ich berühre sie am Arm. „Dann weißt du wenigstens, was los ist."

„Okay." Sie verschwindet Richtung Backstube.

Als ich zwischen Tisch abräumen und Aufnehmen einer Bestellung aus dem Augenwinkel bemerke, dass Terry wieder da ist, rate ich mir, auf den Feierabend zu warten. Ohnehin möchte ich von Bruce erzählen, und dass die ansonsten nahezu immer fröhliche Terry ein Gesicht macht, als wäre sie vorhin in den Regen geraten, verrät mir, dass auch ihre Neuigkeiten keine guten sind.

„Dann erzähl mal", sage ich zu Terry, als der letzte Gast gegangen und die Tür abgeschlossen ist.

„Es ging um meine Granny Liz. Roger meint, dass sie nicht mehr alleine bleiben kann in ihrem Haus."

„Wie alt ist sie mittlerweile?"

„Neunundachtzig. An sich ist sie noch fit, aber sie vergisst immer mehr. Zuletzt eine Pfanne mit Öl auf der Gasflamme." Seufzend stellt Terry Tassen auf ein Tablett.

„Ich kann mich noch erinnern, dass sie diese Ketten trug mit Tierschädeln daran." Ich habe mir ebenfalls ein Tablett geschnappt.

Terry grinst. „Meistens Kaninchenschädel. Sie sagt, dass die eine besondere spirituelle Energie haben.“

„Weißt du noch das eine Mal, als sie mit uns diese Beschwörungsnummer gemacht hat?“

„Beschwörungsnummer, tz.“ Terry schüttelt tadelnd den Kopf, lacht dann. „Lass sie das bloß nicht hören. Es war eine Séance, und ich weiß, dass wir beide uns fast in die Hose gemacht haben.“

„Sie hat aber auch mit diesen unterschiedlichen Stimmen gesprochen.“ Ich lege den Kopf in den Nacken und rufe mit gutturaler Stimme: „Die Geister dieses Hauses sind nun bereit, mit euch in Kontakt zu treten!“

Terry wird von gackerndem Lachen geschüttelt. „Hey! Du kannst das ja richtig gut.“

„Das bin nicht ich, sondern die Geister der Blaubeeren, die ihr in diesem Hause kaltblütig gegrillt und gekillt habt!“

Jetzt brüllen wir beide los, müssen uns schließlich die Bäuche halten und Tränen aus den Augenwinkeln wischen.

„Liz ist die Beste“, sagt Terry, als wir uns wieder beruhigt haben. „Und irgendwie habe ich nie gedacht, dass sie eine Show macht, zumindest nicht wissentlich.“

„Deshalb hatte ich auch immer Schiss, obwohl ich sie mag. Als Kind habe ich fest daran geglaubt, dass sie mit Toten sprechen kann.“

„Dann ist sie auch noch Schamanin.“

„Stimmt. Hat sie nicht deinen Hamster gerettet?“

„Wie man's nimmt. Eines Morgens lag er regungslos im Käfig. Ich habe ihn ihr gebracht, und sie hat es tatsächlich geschafft, dass er sich wieder bewegt hat.“

„Aber?“

„Das wäre etwas für eine schwarze Komödie. Kaum hat sich Pete mein Hamster wieder geregt, stürzte sich Liz' Kater Ezra darauf."

„Nein!"

„Liz hat mich in den Arm genommen und mir erklärt, dass es richtig sei. Kater und Katzen würden Seelen helfen, ihren Weg zu finden, und Petes Seele habe dabei Schwierigkeiten gehabt, weshalb Ezra sich seiner angenommen hätte."

„Sorry." Ich halte die Hand vor den Mund. Natürlich ist das Ganze tragisch, aber eine gewisse absurde Komik ist der Situation nicht abzusprechen.

Terry winkt ab und grinst ebenfalls. „Ich habe ja gesagt, dass es sich für eine schwarze Komödie eignen würde."

Eine Zeitlang räumen wir schweigend weiter auf. Ich denke darüber nach, Terry von Bruce zu erzählen, aber das Thema mit ihrer Großmutter ist noch nicht beendet, und so frage ich: „Was schlägt Roger vor? Also, was mit Liz geschehen soll?"

„In irgend so ein Heim soll sie. Du weißt ja, dass er nicht gerade der Empathiebolzen ist. Solche Entscheidungen trifft er ganz nüchtern."

„Wenn sie aber nicht mehr alleine zurechtkommt?"

„Ich werde sie die Tage mal besuchen. Ist eh überfällig, und ich habe ein schlechtes Gewissen. Als Kind war ich so häufig bei ihr, besonders nach Moms Tod."

„Mach das. Dann kannst du dir auch persönlich ein Bild machen und mit ihr sprechen."

„Willst du mitkommen?"

„Klar, warum nicht? Ich weiß gar nicht, wann ich sie zum letzten Mal gesehen habe. Muss Jahre her sein."

„So langsam müssen wir uns wohl damit abfinden, auch nicht mehr die Jüngsten zu sein. Immer häufiger ertappe ich mich bei dem Gedanken, dass die Zeit so schnell vorbeigeht." Die letzten Worte spricht Terry mit krächzender Greisenstimme und beugt sich vor, als müsse sie sich auf einen Krückstock stützen.

Mit dem Ellenbogen stoße ich ihr in die Seite und lache. „Dann lass uns mal nach Hause gehen, Granny Terry."

Kapitel 12

„Was war denn jetzt mit Bruce?", fragt Terry auf dem Weg vom Café zur Wohnung.

„Womöglich habe ich überreagiert."

„Miss Fleet. Ich bitte um Kontext."

„Also gut." Ich gebe Terry eine knappe Zusammenfassung der Unterhaltung, die ich mit Bruce über Matthew Williams geführt hab. „Am meisten geärgert hat mich, dass er das nicht ernst genommen hat."

„Kann ich verstehen. Und so, wie du es erzählt hast, drängt sich der Eindruck auf."

„Ist fast so, als wäre seine Sorge um mich geringer, seit wir zusammen sind."

Terry kickt ein Steinchen über den Gehweg. „Das denke ich nicht, aber was häufig in Beziehungen einsetzt, ist, dass man mit dem Partner gnadenloser umgeht."

„Kann ja auch gewollt sein." Ich grinse anzüglich, was Terry erwidert.

„Das stimmt natürlich. Aber ich meine, dass man häufig den nahestehenden Menschen weniger durchgehen lässt als Fremden. Da heißt es schnell ‚X oder Y steigert sich da rein. Kenne ich schon von früher.' oder so ähnlich."

„Guter Punkt. Und habe ich auch schon häufig gemacht."

„Klar. Ich denke, das ist menschlich, aber dennoch gut, sich das hin und wieder vor Augen zu führen.“

„Also würde Bruce eher etwas unternehmen, wenn ich nicht seine Freundin wäre?“

„Kommt auf die Qualitäten der Freundin an.“ Grinsend stupst mich Terry mit der Hüfte an.

„Blödfrau“, sage ich, ebenfalls lachend. „Womöglich machen wir uns einfach zu viele Gedanken, und Bruce liegt richtig damit, das nicht zu tun. Immerhin ist er der Profi.“

„Was nicht bedeutet, dass wir unsere eigenen Ermittlungen fortsetzen. Immerhin wissen wir, wer vor uns im Café gelebt hat, haben sogar den Namen des narbigen Stalkers. Wir können mal schauen, was das Internet hergibt.“

Wir erreichen die Wohnungstür, die ich aufschließe. „Dann hol du dein Laptop in die Küche, und ich kümmere mich ums Essen.“

„Cool.“

Es überrascht mich, Stimmen zu hören. Tatsächlich sitzen Shaun und Randall in der Küche. Ein seltener Anblick. Seit beide in festen Partnerschaften sind, Shaun, nach ständig wechselnden Affären mit Frauen, mit Aron, einem Kerl, und Randall, ursprünglich Dauer-Nerd, nach Umstyling durch Shauns kundige Hände, mit Gaby, bekommen wir sie nur selten zu Gesicht.

„Hey Mädels! Wollt ihr mitessen?“, fragt Shaun, als er mich im Türrahmen stehen sieht.

„Du hast gekocht?“

Shaun grinst. „Für was ein Freund doch alles gut ist. Aron hat mich tatsächlich an den Herd gebracht.“

„Und das Ergebnis schmeckt sogar", verkündet ein glücklich kauender Randall.

„Wie könnte ich da nein sagen." Ich lasse mich auf einen der freien Stühle fallen. „Reicht es auch für Terry?"

„Aber klar doch. Chili, und da ich über eure Pflanzenliebe weiß, natürlich sin carne."

„Kaum zu glauben, aber das schmeckt trotzdem." Randalls versonnener Gesichtsausdruck löst in mir das Bedürfnis aus, ihm wie einem kleinen Jungen die Wange zu reiben.

„Was ist denn hier los?" Mit aufgerissenen Augen betritt Terry die Küche, den Laptop unter dem Arm. Scheinbar hat sie der Gedanke, den zu holen, das muntere Treiben beim Betreten der Wohnung ausblenden lassen. „Kennen wir die?", wendet sich Terry an mich.

„Zwei nette Kerle, die kochen, anstatt vorm Computer zu gammeln oder Londons Frauenwelt zu begatten? Ich denke nicht!", antworte ich und ernte dafür einen Klaps auf die Schulter vom lachenden Shaun.

„Ganz schön bitchy, die Gute", sagt er.

Randall hingegen scheint nur Gedanken für das Essen zu haben, das er weiterhin begeistert in sich hineinschaufelt. War mein Hunger anfangs nur ein leichtes Grummeln, meldet er sich jetzt lautstark zu Wort.

„Na, das war deutlich. Ich bin gleich so weit." Mit der Kelle schöpft Shaun seine Kreation in zwei tiefe Teller, die er uns serviert. „Guten Appetit, die Damen."

„Wow! Das ist richtig gut", sagt Terry. Ein Lob, dem ich mich gerne anschließe, denn Shaun ist das Chili wirklich gut gelungen.

„Das war doch mal wieder überfällig, oder?" Shaun pustet über den Löffel, den er aus seinem Teller geschöpft hat, und wird damit zum Nächsten, dem ich am liebsten über den Kopf streichen würde. Dass unsere Jungs sich verändert haben, war mir klar, aber jetzt sind sie zu absoluten Vorzeigemitbewohnern geworden.

„Wie geht es euch?", frage ich. Eine der Fragen, die viel zu oft gestellt werden, ohne, dass man wirklich eine Antwort erwartet. Dieses Mal aber kommt sie von Herzen.

„Tatsächlich sehr gut."

Es überrascht mich, dass Randall als Erster antwortet.

„Und ich habe auch direkt eine Neuigkeit zu verkünden." Sein Löffel zerteilt den Rest des Chilis auf dem Teller. „Gaby und ich, also, wir möchten zusammenziehen."

Für einen Augenblick herrscht Schweigen. Obwohl sicherlich jeder von uns damit gerechnet hat, dass unsere WG kein Konstrukt für die Ewigkeit sein wird und gerade auch Randall zu Anfang nicht der Muster-Mitbewohner war, trifft mich die Ankündigung. „Wann möchtest du ausziehen?", frage ich mit tauber Zunge.

„Noch suchen wir eine geeignete Wohnung. Gaby wohnt ebenfalls in einer WG, zu ihr kann ich also nicht ziehen."

„Könnt ihr euch das denn leisten? Nur zu zweit?" Ich starre auf mein Essen und muss feststellen, dass mir der Appetit vergangen ist. Niemals hätte ich geglaubt, dass mich diese Neuigkeit so mitnehmen würde. Ich bin wohl doch mehr Gewohnheitstier, als ich dachte. Es ist mehr als das!, ruft mir eine innere Stimme zu. Shaun und Randall sind mir ans Herz gewachsen, gehören zu meinem Leben, obwohl wir uns in letzter Zeit nur selten über den Weg gelaufen sind.

Randall zuckt mit den Schultern. „Ich arbeite ohnehin viel von zu Hause, und Gaby kann ebenfalls mehr Home Office machen. Da haben wir überlegt, an den Stadtrand zu ziehen."

„Wäre nichts für mich." Shaun schiebt sich einen Löffel Chili in den Mund.

„Du bist auch ein anderer Typ. Für dich ist Ausgehen wichtig, viel Trubel um dich zu haben. Gaby und ich sind genau das Gegenteil."

„Ich würde auch nicht aus der City weg wollen, kann aber verstehen, was du meinst", sagt Terry. „Für jemanden, der wenig in der Stadt unterwegs und viel zu Hause ist, gibt es sicherlich bessere und vor allem günstigere Plätze."

„Dann sollten wir am besten schon nach einem neuen Mitbewohner Ausschau halten", sage ich an Shaun gewandt.

„Jemand heißes!", ruft Terry.

„Hey!", mault Randall. „Ich sitze noch hier."

„Sorry." Terry stößt ein Lachen aus. „So war das nicht gemeint."

„Ja klar." Randall schiebt die Unterlippe vor und widmet sich wieder seinem Teller. Etwas, das ich an ihm bewundere: Er ist nicht nachtragend und hat die Sache bereits abgehakt.

„Aber im Ernst. Wir sollten früh genug damit anfangen. Ich mache mir zwar keine Gedanken, dass wir ausreichend Bewerbungen erhalten, aber wir wollen ja auch nicht irgendjemanden. Schließlich verlässt uns ja auch nicht irgendjemand." Ich zwinkere Randall zu, der mich im richtigen Moment anschaut und das mit einem dankbaren Lächeln erwidert.

„Ich wollte sowieso mit dir reden." Der Blick, den Shaun mir zuwirft, wirkt nervös. „Nichts Schlimmes", beeilt er sich zu sagen.

„Dann rede ich kurz mit Shaun und danach machen wir unsere Recherche?", frage ich Terry, die nickt.

Shaun geht mit mir in sein Zimmer und schließt die Tür hinter uns. „Sorry, das wirkt, als wollte ich eine Ansage machen, dabei wollte ich nur auf dein Angebot zurückkommen." Er bemerkt meinen fragenden Blick, da ich nicht weiß, worauf er hinaus will. „Du hast dich angeboten mitzukommen, wenn ich mit meinen Eltern spreche?"

„Klar. Mache ich gerne."

„Cool. Danke. Liegt mir schwer im Magen, das Ganze." Er verschränkt die Arme vor der Brust.

„Kann ich verstehen. Vielleicht läuft es ja besser, als du glaubst."

Er starrt auf seine Füße. „Keine Ahnung. Aber so oder so – ich muss das jetzt durchziehen."

„Wegen Aron?"

„Das habe ich anfangs behauptet." Er seufzt. „Mittlerweile merke ich aber, dass mir die Heimlichtuerei nicht guttut. Ständig Schiss zu haben, dass sie es auf anderem Wege erfahren." Mit der Schuhspitze schiebt er eine Fluse über das Laminat. „Ich glaube, selbst mit Ablehnung kann ich besser leben als mit Ungewissheit." Von schräg unten sieht er mir in die Augen. „Ist das bescheuert?"

„Überhaupt nicht. Ich kann das verstehen. Nicht zu wissen, was passiert, oder ständig damit zu rechnen, dass etwas passiert, ist schlimmer, als wenn es passiert." Ich lache auf. „Das hört sich superkompliziert an. Vielleicht lieber mit den Worten meiner Mom: ‚Lieber ein Ende mit Schrecken, als ein Schrecken ohne Ende'."

Shaun nickt langsam. „Jo, das passt."

„Wird schon", sage ich und lege ihm dabei eine Hand auf die Schulter. „Wann wolltest du denn zu deinen Eltern fahren?"

„Ich habe noch nicht fest geplant."

„Montag? Da ist unser Ruhetag, und du musst erst am Abend in die Bar?"

„Cool." Die Hände in den Hosentaschen, während die Schuhspitze weiterhin die Fluse bearbeitet, wirkt Shaun eher wie ein Kind, das jeden Augenblick eine Strafe erwartet, als jemand, der damit einverstanden ist, aber weder kann ich ihm das verdenken, noch momentan mehr für ihn tun. Deshalb verlasse ich sein Zimmer und gehe zurück in die Küche.

Terry, mittlerweile alleine, hat den Tisch bereits abgeräumt und sitzt an ihrem Laptop. „Alles gut?" Sie schaut auf, als sie mich hereinkommen hört.

„Andere Baustelle", entgegne ich. „Hast du schon etwas gefunden?"

„Schau dir das an." Sie klopft auf den freien Stuhl neben sich, auf den ich mich fallen lasse. „Die Times hat damals über den Fall berichtet. Es gibt sogar einen True Crime Podcast darüber."

„Wieso haben wir davon damals nichts mitbekommen?"

Terry hebt die Brauen. „Keine Ahnung. Haben wir vielleicht, aber die Sache hat uns nicht nachhaltig beschäftigt. So megaspektakulär war es auch nicht. Primär geht es darum, dass Matthew sich denkbar dämlich angestellt hat und mit der Beute in die Wohnung seiner Mutter zurückgekehrt ist, wo er selbst wohnte."

Ich reibe mir das Kinn. „Irgendwas passt da nicht."

„Klar, deshalb wurde er auch eingebuchtet."

„Ja, aber ein Banküberfall erfordert schon eine gewisse Planung, oder? Und dann hat man keinen Fluchtplan?"

„Diese Gwen sagte doch, dass Matthew eher schlicht im Geiste ist."

„Passt für mich auch nicht."

Terry runzelt die Stirn. „Jetzt kann ich dir nicht folgen."

„Raubt so jemand eine Bank aus?" Ich reibe mir die Augen. „Vielleicht denke ich zu sehr an die ‚Ocean's Eleven Filme', aber in eine Bank spaziert man nicht einfach so rein und überfällt die. Zumindest nicht mit Erfolg. So was machen Leute in einer Tankstelle oder so etwas."

„Jetzt weiß ich, worauf du hinaus willst. Bei einer Bank ist das Risiko größer, gefasst zu werden. Aber auch die Beute, die man machen kann."

„Die Tresore sind seit einigen Jahren besonders gesichert, zum Teil mit Zeitschlössern, all das erschwert es, eine Millionenbeute zu machen." Ich lehne mich zurück. „Matthew mag nicht der Klügste sein, aber so was ist keine Kurzschlusstat, und hat man für so etwas nicht auch Komplizen?"

Terry ruft einen Link auf. „Das wurde damals auch vermutet, aber die Ermittlungen liefen ins Leere, und Matthew hat bis zum Schluss geschwiegen.“

„Hast du in diesen Podcast mal reingehört?“

„Noch nicht.“

Ich sehe zur Uhr. „Lass mal laufen. Wenn der was taugt, könnten wir den Autor vielleicht besuchen.“

„Autorin.“ Terry fährt mit dem Mauszeiger über Namen.

„Jasmine Trustworthy. Na, das ist mal ein Name“, sage ich grinsend.

„Entweder hat die Dame Humor oder ein ziemlich großes Ego. Bei einem Mann würde ich ja jetzt den Vergleich mit der Größe der Genitalien bemühen, aber bei meinen Geschlechtsgenossinnen habe ich da Hemmungen.“

„Hört! Hört!“ Ich muss lachen. „Du und Hemmungen in einem Satz, das passt ebenso wenig zusammen.“ Mit dem Finger deute ich auf den Bildschirm. „Jetzt lass uns mal hören, was Miss Trustworthy zu verkünden hat.“

Kapitel 13

„Mir gefällt ihre Art." Terry kippelt mit ihrem Stuhl, während sie die Teetasse zum Mund führt.

„Mir auch. Muss auch zugeben, dass ich nicht erwartet habe, dass sie so viel recherchiert hat."

„Zumindest behauptet sie das." Terry steht auf, um neues Teewasser zuzubereiten.

Mein Blick geht zur Uhr. „Ach, du Scheiße. Hast du mal geschaut, wie spät es ist? Neuen Tee brauchst du nicht aufzusetzen, wir sollten ins Bett."

„Komm schon. Die Folge hören wir noch zu Ende. Gerade kommt sie doch zum spannenden Teil."

„Na gut." Mein Widerwille ist in Wahrheit gespielt, denn, obwohl die Vernunft mir sagt, dass wir uns hinlegen sollten, ist auch meine Neugierde geweckt. Jasmine Trustworthys Podcast ist nämlich nicht nur besser als gedacht, ihre Art zu erzählen, verbunden mit den Nachforschungen, die sie angestellt hat, macht den Fall zu einer spannenden Geschichte, der wir uns immer schlechter entziehen können.

Zwanzig Minuten später beenden wir die letzte Folge, die mich fasziniert, aber nachdenklich zurücklässt. „Jasmine wirft mehr Fragen auf, als sie beantwortet." Ich stehe auf und stelle meine Tasse in die Spülmaschine.

„Aber sie unterstützt deine These, dass Planung dahinter gesteckt hat und das Ende nicht dazu passt.“

„Was ist mit dieser seltsamen Organisation? Wir müssen morgen das Wort nochmal nachhören, das konnte ich mir nicht merken, obwohl sie es mehrfach erwähnt hat.“

„War der Teil nicht eher etwas crazy?“ Terry steht ebenfalls auf.

„Schon, aber irgendwie auch“, anstatt den Satz zu Ende zu führen, schnippe ich mit den Fingern, als könnte ich so meinem Kopf die gesuchten Worte entlocken. „Keine Ahnung. War schon seltsam, aber dieser ganze Fall ist ja komisch.“ Mir ist klar, dass das eine dürftige Erklärung ist, doch Terry, die schon mehrfach mein Bauchgefühl in diesen Angelegenheiten gelobt hat, nickt. „Können wir diese Jasmine ausfindig machen?“ Ich setze mich wieder hin, und Terry folgt meinem Beispiel.

Sie schiebt die Unterlippe vor, während sie auf den Namen der Autorin des Podcasts klickt. Ein Fenster öffnet sich. „Das muss ihre Website sein, und hier ist das Impressum.“

„Boyd Street“, lese ich.

„Das ist in Whitechapel.“ Terry hat die Adresse bereits in die Kartensuche eingegeben. „Ist ein Stückchen. Mit der Tube ’ne gute halbe Stunde.“

„Unangekündigt sollten wir da nicht auftauchen. Und zum Anrufen ist es zu spät. Am besten schreiben wir ’ne Mail und fragen, ob sie morgen Zeit hat.“

„Welchen Grund sollen wir angeben?“

„Dass gerade du das fragst." Ich grinse Terry an. „In dem Fall aber müssen wir uns keine Gedanken machen. Ich bin mir sicher, dass Miss Trustworthy gerne und bereitwillig Auskunft über ihre Arbeit geben wird. Und falls nicht, schmieren wir ihr einfach etwas Honig ums Maul."

„Oder werfen einen Muffin mit Spezialfüllung hinein", entgegnet Terry.

„Hoffe, das ist nicht nötig." Ich gähne geräuschvoll. „Jetzt muss ich aber wirklich ins Bett."

Terry wünscht mir eine gute Nacht und verschwindet mit ihrem Laptop unter dem Arm in ihrem Zimmer. Ich verschwinde im Bad und versuche, mir vorzustellen, wie Jasmine Trustworthy aussieht. Im Grunde ist das egal und sagt nichts über ihre journalistischen Qualitäten aus, aber die Tatsache, dass weder auf der Seite mit den Podcastfolgen noch ihrer Website ein Foto zu sehen ist, weckt die Neugierde in mir. Die Stimme klang jung, denke ich. Weiß aber, dass das nichts bedeuten muss.

Nachdem ich die Zähne geputzt habe, blicke ich aufs Handydisplay und bin enttäuscht. Keine Nachricht von Bruce. Ob ich mich melden sollte? Noch verbietet mir das der Stolz, morgen kann das bereits anders aussehen. Zumal die Gewissheit immer mehr in mir reift, dass ich überreagiert habe. Zwar nicht in dem Sinne, dass Bruce nicht eine Teilschuld trägt, waren seine Äußerungen doch ziemlich verletzend und herablassend, aber zumindest hätte ich ihm die Möglichkeit geben sollen, sich zu entschuldigen.

Als ich in meinem Zimmer bin und mich aufs Bett setze, ahne ich bereits, dass keine angenehme Nacht vor mir liegt. Warum kann ein nicht schweigen wollender Kopf selbst bleierne Müdigkeit aushebeln? Und so drehe ich mich nach und nach mehrfach um meine Achse, zähle Schafe, Atemzüge und hoffe darauf, dass der Schlaf mich übermannt. Irgendwann bin ich so weit, auch einem Holzhammerschlag zuzustimmen, der mich ausknockt.

Den beschert mir keiner, jedoch ist mein Schädel so gnädig, den Grübelzwang herunterzufahren, dafür baut er die Überlegungen in meine Träume ein. Im Hartnäckigsten von den Unzähligen befinde ich mich mit Matthew auf der Flucht. Wie ein Panzerknacker trägt der eine schwarze Augenbinde und, als würde das noch nicht reichen, einen Geldsack auf dem Rücken, dem ein Dollarzeichen aufgedruckt ist. Selbst träumend frage ich mich, warum mein Hirn mir nicht zumindest das Pfundzeichen spendiert. Anstatt in meinem Körper zu bleiben, steige ich wie eine Drohne auf und sehe uns von oben. Wie beim Videospiel Pac-Man laufen Matthew und ich durch die Häuserschluchten, während uns die Polizisten dicht auf den Fersen sind. Matthew ignoriert meine Hinweise, obwohl ich ja die Übersicht habe, und ihm dennoch idiotischer wie ein treues Schaf folge. Irgendwann haben uns die Cops gefasst, und ich wache schweißgebadet auf.

Selbst Schuld!, beschimpfe ich meinen Kopf, der gestern Nacht keine Ruhe wollte und sich heute schmerzend über die zu wenigen Stunden Schlaf beschwert. Auf der Bettkante strecken, gähnen, nichts davon hebt die Last der Müdigkeit, die mich zurück ins Bett zerren will. Nein! Keine weitere Minute. Ich weiß, wo diese

Verführungen enden: Im Tiefschlaf und mit Stress beim Erwachen.

Zumindest bin ich nämlich gut in der Zeit, kann in Zeitlupe ins Bad und unter die Dusche gleiten und danke dem Erfinder dieser wundervollen Vorrichtung. Nichts lässt einen sich besser fühlen, besonders nach einer unruhigen Nacht.

„Guten Morgen, Süße. Sorry, aber du siehst aus, wie ich mich fühle", sagt Terry, der ich auf dem Flur über den Weg laufe.

„Zuvorkommend wie immer." Ich strecke mich, was meine Schultern mit einem Knacken kommentieren. „Aber hast ja recht." Meine Augen verengen sich. „Taufrisch siehst du aber auch nicht aus, meine Liebe."

Terry gähnt. „Ich konnte nicht schlafen, habe erst versucht, mehr zu Jasmine herauszufinden, dann bin ich bei einer neuen Serie gelandet, die mir erst gut gefiel und dann ins Binge-Watching kippte."

„Hast du überhaupt geschlafen?"

Terry zuckt mit den Schultern. „Ist jetzt auch egal. Früher konnten wir das auch."

„Da waren wir auch zehn Jahre jünger."

„Und? Vielleicht waren wir da straffer, aber auch unerfahrener und ließen uns leichter aus der Ruhe bringen."

„Ich möchte auch nicht mehr Anfang zwanzig sein."

„Eben."

„Aber jetzt bring deinen nicht mehr straffen Körper mal in Schuss, wir müssen bald los." Ich gebe Terry einen Klaps auf den Po.

„Miststück!", ruft Terry übertrieben empört und hält sich daraufhin die Hand vor den aufgerissenen Mund.

„Vorsicht!", drohe ich mit erhobener Hand. „Sonst fängst du dir noch eine."

Womöglich ist es der Schlafentzug, dass wir uns anschließend gackernd in den Armen liegen.

„Mädels! Noch gar nicht lange her, da habt ihr euch über mich beschwert, aber ich war wenigstens im Bad aktiv", tönt es von der Seite. Es ist Shaun, der den Kopf zur Zimmertür herausstreckt und grinst.

„Da werde ich jetzt auch mal aktiv", sagt Terry, bevor sie die Tür zuzieht.

„Bleibt es bei Montag?", frage ich Shaun, der immer noch im Türrahmen steht.

„Wäre der doch nur schon vorbei."

„Wird schon." Ich umarme ihn kurz und kann dabei erneut kaum fassen, wie sich unser Verhältnis zueinander verändert hat. Obwohl ich wenig älter bin, komme ich mir inzwischen ein bisschen wie seine ältere Schwester vor. „Zumindest ist es dann raus, und die Ungewissheit hat ein Ende."

„Jepp." Shaun hebt die Schultern und starrt auf den Boden. „Ich werde mich die nächsten Tage auspowern. Hilft mir am besten."

„Gute Idee", sage ich und frage mich, ob das nur an Shaun gerichtet ist. Denn schon wieder bin ich dabei, den Sport schleifen zu lassen und weiß, dass der mir nicht nur körperlich guttut. Shaun hat völlig recht. Sich ab und zu mal auspowern pustet die Birne frei und hält die vielleicht davon ab, mir die Nachtruhe zu rauben.

„Willst du mitkommen?"

Ich winke ab. „Lieb von dir. Aber wir müssen ins Café, und abgesehen davon halte ich dein Tempo nicht durch.“ Auf dem Weg in mein Zimmer bleibe ich stehen, drehe mich um und sehe, das Shaun dabei ist, die Tür zu schließen. „Shaun?“

„Hmm?“

„Meld dich gerne, wenn du reden willst.“

„Danke.“ Ein flüchtiges Lächeln, dann schließt er die Tür.

Kapitel 14

„Wir haben eine *vertrauensvolle* Mail", raunt Terry mir zu, als sie das Tablett voller Schmutzgeschirr hinter dem Tresen abstellt.

„Vertrauensvoll?", frage ich, dann wird klar, was Terry meint, und ich grinse. „Das ging ja schnell."

„Hast richtig gelegen, dass Miss Trustworthy gerne über den Fall reden möchte. Sie hat uns nämlich gleich heute angeboten."

Mein Blick geht zur Uhr. „Dann lass uns doch in zwei Stunden Schluss machen, dann ist ohnehin sechs Uhr, und ich denke nicht, dass wir viel verpassen."

„Typischer Samstag halt."

„So ist es." Mit dem Samstag verbindet uns eine Hassliebe, und mehrfach haben wir überlegt, daraus einen zweiten Ruhetag zu machen. Zwar findet sich meist eine gewisse Gästezahl zu einem späten Frühstück ein, danach kleckert der Betrieb aber vor sich hin. Während einer Shoppingtour gönnt sich der Großteil der Leute nur einen schnellen Kaffee oder gleich to go. Das lässt die Zeit zähflüssig verstreichen und sorgt zudem nicht für gigantische Einnahmen. Der Sonntag hat ohnehin eine Sonderstellung inne, aber auch die übrigen Wochentage präsentieren sich verträglicher als ihr Wochenendbruder.

„Wir könnten am Samstag die Öffnungszeiten kürzen? Von zehn oder elf bis eins oder zwei? Dann nehmen wir die Frühstücker noch mit, haben aber auch noch was vom Tag.“

„Finde die Idee super, und können wir schon ab nächste Woche so machen.“

„Cool.“ Ich helfe Terry, das Geschirr in die Spülmaschine zu räumen und freue mich, ab nächste Woche einen halben freien Tag mehr zu haben. Wer hätte das am Anfang geglaubt? Die Frage lässt mich an die Miete denken, die wir in den ersten Monaten selten oder nur mit Schwierigkeiten aufbringen konnten. „Ob wir nochmal versuchen sollten, den Terminator zu kontaktieren?“

Terry stellt eine Tasse in den Korb der Maschine und schaut mich an. „Hat Bruce da eigentlich was herausgefunden?“

„Nicht, dass ich wüsste.“ Eine Handvoll Kuchengabeln lasse ich in die Besteckhalterung gleiten. „So, wie seine letzte Reaktion war – ich befürchte fast, dass er sich gar nicht darum gekümmert hat.“

„Hast du was von ihm gehört?“

„Bislang nicht. Wobei.“ Ich ziehe das Handy aus der Gesäßtasche. „Wenn man vom Teufel spricht.“ Ich überfliege die Nachricht, die ich dann Terry zeige:

Liebe Linn,
ich wollte Dir etwas Zeit lassen und hoffe, dass die Gemüter sich beruhigt haben. Wir sollten zeitnah miteinander reden. Melde dich jederzeit.
Kuss Bruce

„Ruf ihn doch kurz an."

„Mach erst das Date mit Miss Trustworthy klar. Ich halte hier die Stellung und melde mich bei Bruce, wenn wir auf dem Weg sind."

„Aye Chefin." Terry salutiert, schlägt die Hacken zusammen und verschwindet in die Backstube.

Ich rolle mit den Augen, auch wenn sie das nicht mehr sehen kann. Ein weiteres Mal lese ich Bruce' Message, was den Effekt hat, dass die innere Vorlesestimme die wenigen Worte anders intoniert. Und zwar vorwurfsvoll, was mich ärgert.

„Entschuldigung Miss."

Dankbar für die Kundin, die zum Zahlen an die Theke getreten ist und mich damit von meiner Message-Analyse abhält, lächle ich, als ich aufsehe.

„Schön haben Sie es hier", sagt sie, als sie das Wechselgeld einsteckt. „Eine kleine Oase der Ruhe in dem ganzen Shoppingtrubel." Sie verabschiedet sich und lässt mich mit der Frage zurück, ob die Entscheidung, samstags früher zu schließen, richtig war. Andererseits könnten wir ständig etwas ändern, würden wir auf jeden Wunsch unserer Kunden, ob in einer Online-Rezension oder mündlich geäußert, eingehen.

„Gleich um sieben. Das schaffen wir doch?"

Ich fahre herum. „Was? Ach so. Ja klar."

„Alles gut?" Terry legt den Kopf schief. „Jetzt ruf Bruce an und klär das. Sonst kommst du nicht zur Ruhe."

„Da hast du wohl recht."

„Klar hab ich das und mache zur Abwechslung mal auf Chefin. Also." Mit gespielt strenger Miene weist Terry auf die Tür zur Backstube. „Ruf. Ihn. An."

Dieses Mal bekommt sie mein Augenrollen mit. Soll sie auch. Und ich verschwinde grinsend nach hinten. Das vergeht mir aber, als mein Daumen über Bruce' Kontakt schwebt. Völlig verrückt, aber ich fühle mich zurückversetzt in die Zeit, als wir noch nicht zusammen waren.

Mein Finger tippt aufs Display, während ich tief ausatme. Wird schon! Es tutet zweimal.

„Linn, schön, dass du anrufst." Und mit einem einfachen Satz purzeln die Bedenken wie Kieselsteine von meiner Seele.

„Sorry, ich wollte mich schon vorher melden."

„Alles gut. Ist auch echt blöd gelaufen, das letzte Gespräch. Ich habe mich falsch ausgedrückt. Das wollte ich nicht." Bruce seufzt.

„Und meine Zündschnur war auch etwas kurz." Mit der Hand wische ich einen Mehlrest von der Arbeitsfläche. „Hast du später Zeit? Dann würde ich bei dir übernachten."

„Gerne."

„Gegen neun?"

„Das passt." Eine kurze Pause, dann: „Linn?"

„Ja?"

„Ich bin echt froh, dass wir das klären konnten. Und natürlich können wir später auch nochmal persönlich darüber sprechen."

Die Sorge in seiner Stimme wärmt mein Herz und zeigt mir, dass ich ihm wichtig bin. Wie konnte ich nur daran zweifeln?

„Müssen wir nicht. Ich möchte am liebsten ganz entspannt die Zeit mit dir verbringen."

„Na, dann machen wir das." Erneut wische ich über die Arbeitsfläche. Dieses Mal eine nutzlose Geste, da nichts mehr darauf liegt. Soll ich Bruce von unserem geplanten Treffen mit dieser Jasmine erzählen?

„Linn? Bist du noch da?"

„Ja, sorry. War kurz abgelenkt. Dann bis später." Mit gemischten Gefühlen beende ich das Gespräch. Einerseits sage ich mir, dass Bruce nicht über jeden unserer Schritte unterrichtet werden muss, andererseits fühle ich mich auch hier wieder an vergangene Zeiten mit Alleingängen erinnert, die teilweise unangenehm endeten.

„Alles gut mit Bruce?", fragt Terry, als ich in den Gastraum zurückkehre.

„Ich denke schon. Er hat sich entschuldigt und ich zugegeben, dass ich etwas dünnhäutig war."

„Besonders am Anfang braucht es Zeit, bis man sich aufeinander eingestellt hat."

„Stimmt." Ich lasse meinen Blick schweifen und mache nur zwei ältere Damen aus, die an einem der Tische ihren Tee schlürfen. „Sind das unsere einzigen Gäste?"

„Nö. Die anderen habe ich vergiftet und unter den Fliesen gestapelt." Terry spielt grinsend an ihrem Nasenpiercing.

„Das hast du gut gemacht. Dann brauchen wir nur ein paar Duftlampen."

„Duftlampen?"

„Na, wenn die anfangen zu stinken."

Terry prustet los, und die beiden älteren Damen werfen uns einen irritierten Blick zu. „Miss Fleet, Sie sind mir ja eine."

Obwohl sich nach den beiden Grannys kaum noch Gäste ins Café verirren, geht die restliche Arbeitszeit zügig vorüber, auch das Aufräumen läuft wie am Schnürchen. „Danke", sage ich unvermittelt.

Terrys Augen verengen sich. „Wofür?"

„Für alles. Für das hier." Ich mache eine ausholende Bewegung, die den Gastraum umfasst. „Und das hier." Ich zeige auf sie und mich. „Irgendwie kommt das immer zu kurz. Aber ohne dich hätte ich den Schritt nie gewagt, würde es das Café nicht geben."

„So süß von dir." Terry drückt mich fest an sich. „Aber ich muss und möchte das zurückgeben. Schließlich ist das alles die Summe von uns beiden. Ohne dich würde das Café nicht so laufen, und ich wäre ständig in Schwierigkeiten. Wahrscheinlich würde es den Laden gar nicht mehr geben."

Ich drücke Terry einen Kuss auf die Wange. „Wir sind schon ein gutes Team, oder?"

„Aber hallo!" Terry zieht die Schürze über den Kopf, bedeutet mir dann mit ihrer ausgestreckten Hand, dass ich ihr meine geben soll.

„Wahnsinn, was in den wenigen Monaten alles passiert ist." Ich reiche Terry die Schürze, die sie, zusammen mit ihrer, auf den Haken hängt.

„Und wir haben alles gemeistert. Muss uns auch erst mal jemand nachmachen." Terry legt mir den Arm um die Schulter, und einen Augenblick stehen wir einfach nur da und betrachten unser Café.

Kapitel 15

Irgendwie habe ich sie mir anders vorgestellt. Der Gedanke ist der erste, der mir in den Kopf schießt, als wir Miss Trustworthy gegenüberstehen, und er klammert sich anschließend in meinem Hirn fest. Anstatt einer sportiv-schlanken Brünetten mit prallen Brüsten und Wespentaille steht uns nämlich eine kleine Frau gegenüber, die fast einen Kopf kleiner ist als ich und deren pausbäckiges Gesicht mit Sommersprossen übersäht ist. Wenn sie grinst, präsentiert sie mächtige Zähne, wobei die oberen Schneidezähne durch eine Kluft getrennt werden, breit genug, um Sonnenblumenkerne hindurch zu spucken. Auf Anhieb ist sie mir sympathisch, was womöglich auch daran liegt, dass ich unmittelbar die Assoziation zu Pippi Langstrumpf ziehe.

„Du hast echt viel recherchiert zu dem Fall", sage ich, nachdem wir auf der Wohnzimmercouch Platz genommen haben, Jasmine seitlich davon in einem Sessel.

„Stimmt." Jasmine, die sich uns mit diesem Vornamen vorgestellt hat, nimmt ihre Teetasse in die Hände. „Ursprünglich habe ich gar nicht geplant, so tief einzutauchen. Aber je mehr ich herausgefunden habe, desto spannender wurde es."

„Du glaubst, dass Matthew mit einer Verbrecherorganisation in Kontakt gestanden hat?", frage ich.

„Ich habe das nur angedeutet. Wollte mich nicht angreifbar machen, besonders nicht bei so was. Außerdem war es echt schwer, Beweise zu finden." Sie steht auf und geht zu einem Schreibtisch hinüber. „Im Grunde bin ich überhaupt nur auf die Idee gekommen, dem Fall nachzugehen, weil ich über das hier gestolpert bin." Mit einem Laptop unter dem Arm kehrt sie zurück, klappt den auf und dreht ihn dann so, dass Terry und ich auf den Bildschirm schauen können. „Ist doch ulkig, dass irgendwo im Unterbewusstsein etwas stecken bleibt, wie ein Splitter, den man sich eingefangen hat, und erst bei einer bestimmten Bewegung tut es weh."

Obwohl sie das nicht als Frage intoniert, nicke ich, da ich genau weiß, was sie meint.

„Ich hatte von Williams' Verhaftung in der Times gelesen und der Sache keine besondere Bedeutung zugemessen. Dämlicher Bankräuber wird gefasst. So etwa. Aber mein Unterbewusstsein hat wohl gleich geschnallt, dass da etwas nicht stimmt. Und als ich für ein ganz anderes Projekt nach Berichten gesucht habe, bin ich darauf gestoßen."

Terry und ich rücken näher an den Bildschirm, der ein Foto zeigt. Mehrere Männer und Frauen, den Gesichtszügen nach asiatischer Herkunft.

„Die Association for Philippine Women", liest Terry, „wird geleitet von Pamela Norwood, die von ihrem Mann James Norwood unterstützt wird. Ebenso von Matthew Williams."

„Dann ist er mit dieser Pamela verheiratet?", frage ich.

„Scheint so." Terry deutet auf den Bildschirm. „Zumindest trägt sie seinen Namen, da bleiben keine Alternativen."

„Komisch, dass Mrs Dotch nichts davon gesagt hat."

„Weiß sie wahrscheinlich gar nicht. Ist ja nichts, was man durch den Türspalt erspähen kann." Terry grinst.

„Sorry", wende ich mich an Jasmine.

„Diese Mrs Dotch hört sich interessant an. Meint ihr, die könnte ich auch mal befragen?" Von irgendwoher hat Jasmine sich Notizblock und Stift gegriffen und schaut uns neugierig an.

„Du arbeitest noch an dem Fall? Ich dachte, der wäre abgeschlossen?", frage ich.

Jasmine zuckt mit den Schultern. „Wenn es neue Hinweise gibt, rolle ich die ein oder andere Geschichte gerne nochmal auf."

Ich sehe zu Terry rüber, die fast unmerklich den Kopf schüttelt und damit mein Gefühl bestärkt. „Sei uns nicht böse, aber wir können das nicht entscheiden. Es war unvorsichtig, ihren Namen zu erwähnen."

Die erwartete Enttäuschung oder gar Ärger bleibt aus. „Verstehe ich. Auch ich schütze meine Quellen." Sie legt den Stift zur Seite.

„Wie wäre es mit einem Kompromiss. Wenn wir sie das nächste Mal sehen, fragen wir und geben ihr deine Nummer." Ich verschränke die Hände auf dem Tisch.

„Deal", sagt Jasmine.

„Aber zurück zum Ter... Norwood." Terry deutet auf den Laptop-Bildschirm, der weiterhin das Foto zeigt.

„Norwood?" Jasmine runzelt die Stirn. „Seltsam, dass der euch noch vor Williams auffällt."

Erneut werfe ich Terry einen Seitenblick zu, die dieses Mal nickt. Als Motivation haben wir Jasmine gegenüber angegeben, für einen Roman zu recherchieren, den wir schreiben, und der an Williams' Fall angelehnt sein soll. Befürchtet habe ich nämlich genau das, was nahezu schon passiert ist, dass Jasmine eine neue Spur wittert und sich ebenfalls in die Ermittlungen einschaltet. Optisch wirkt sie zwar, als würde sie die Villa Kunterbunt bewohnen, aber deren Hausherrin konnte immerhin ihr Pferd hochheben. Wer weiß, was in Miss Trustworthy schlummert.

„Vor Jahren hatte mein Vater geschäftlich mit Norwood zu tun, deshalb habe ich mich wohl auf den Namen fixiert." Meine Notlüge ist stümperhaft, aber etwas Besseres fällt mir momentan nicht ein.

„Und diese Pamela kennt ihr ebenfalls?" Die Art, wie Jasmine die Augen verengt und jedes Wort sorgfältig betont, offenbart mir bereits, dass mein Versuch gescheitert ist.

Jetzt gibt es nur noch zwei Möglichkeiten. Mich tiefer in meiner Lüge zu verstricken, die bereits mit durchdrehenden Rädern im Matsch hängt, und dadurch das Risiko einzugehen, dass Jasmine uns rausschmeißt, oder mit der Wahrheit herausrücken. „Hör zu, Jasmine." Ich lege meine Hände flach auf den Tisch und lehne mich vor. „Wir müssen uns entschuldigen, da wir nicht ganz ehrlich waren, was den Grund unseres Besuchs anbelangt."

Jasmine zieht die Brauen zusammen und die Nase kraus, was ihre Sommersprossen in diesem Bereich zu-

sammenrücken lässt. Als würden sie sich zusammen-
rotten, was auf kuriose Art zutreffend ist, denn ich erwarte einen wütenden Ausbruch von ihr.

„James Norwood ist unser Vermieter, und wir haben
Nachforschungen zu dem Gebäude angestellt, in dem
wir jetzt unser Café haben."

„Euer Café ist in der Wohnung? Der Wohnung von
Williams' Mutter?"

„In der er selbst wohl auch gewohnt hat. Genau", entgegnet Terry.

„Seine Mutter Mrs Williams war nicht sonderlich ko-
operativ, als ich sie um ein Interview für meinen Podcast bat." Jasmine trommelt mit den Fingern auf die
Tischplatte.

„Na ja. Sie wurde sicherlich von der Polizei befragt,
womöglich sogar mehrfach. Und dann gab es sicherlich
noch Journalisten", sage ich.

„Aber jetzt ist die Wohnung zugänglich." Jasmine ent-
blößt die Zähne, doch dieses Mal wirkt das nicht wie einer Figur Astrid Lindgrens zugehörig, sondern eher wie
die Grinsekatze aus Alice im Wunderland. Bereit zuzu-
beißen. Auch die niedliche Zahnlücke ändert den Eindruck nicht.

„Also die Wohnung ist unser Café", sage ich in einem
forschen Ton. Immer sicherer scheint, dass ich mit meiner Ahnung richtig liege und Jasmine ihr wahres Gesicht zeigen wird, das den kleinen Onkel und Herrn Nil-
sson verschrecken würde.

„Ich mache euch folgenden Vorschlag." Die Art, wie
Jasmine sich zurücksetzt und die Arme vor der Brust
verschränkt, lassen mich bereits vermuten, dass etwas
mit einem Haken folgt. „Ich erzähle euch, was ich weiß,

gewähre euch Zugang zu meinen kompletten Aufzeichnungen. Dafür", sie verschränkt die Hände auf dem Tisch und lehnt sich vor, „arbeite ich mit euch zusammen und berichte später davon in meinem Podcast."

Es braucht einen Moment, bis ich begriffen habe, was gerade geschehen ist. Ahnung hin, Ahnung her. Dass eine Person so anders handelt, als sie erscheint, muss ich erst verdauen. Der Blick zu Terry verrät mir, dass es ihr ebenso geht.

„Jasmine, ich glaube, du hast mich falsch verstanden. Ermittlungen? Wir stellen doch keine Ermittlungen an." Die Unsicherheit lässt meine Stimme flattern und vertreibt damit das letzte bisschen Glaubwürdigkeit aus dieser Aussage.

„Aber klar doch." Erneut lächelt Jasmine ihr seltsames Grinsen. „Eines kann ich euch versichern. Man findet nichts heraus, wenn man nicht hinter die Fassade blickt, eine gute Menschenkenntnis mitbringt und die auch noch schärft."

Terry sieht mich an, und ich weiß, dass sie das Gleiche denkt wie ich: Aus der Nummer kommen wir nicht mehr raus. Selbst wenn wir Jasmine die Mitarbeit verweigern und auf ihre Informationen verzichten, sie hat Lunte gerochen und wird auf eigene Faust ermitteln.

„Okay", sage ich. „Aber unter der Bedingung, dass wir zusammenarbeiten und keiner Alleingänge macht. Außerdem geben wir Richtung und Geschwindigkeit vor, schließlich sind wir betroffen."

Jasmine hebt die Arme und präsentiert ihre Handflächen. „Ich will nur beobachten und mitschreiben." Erneut das Grinsen und die unangenehme Ahnung, die mich beschleicht, dass es nicht dabei bleiben wird.

Kapitel 16

„Ich habe kein gutes Gefühl bei dieser Jasmine", sage ich, als wir unten auf der Straße sind.

„Ich auch nicht. Aber wir hatten nicht wirklich eine Wahl." Terry gähnt und streckt sich. „Sorry, bin echt kaputt."

„Muss ohnehin los. Ich wollte um neun bei Bruce sein." Ich werfe einen Blick auf meine Uhr. „Ich muss mich echt beeilen."

„Dann viel Spaß." Terry umarmt mich und drückt mir einen Kuss auf die Wange.

„Terry?", frage ich, als die sich bereits zum Gehen gewandt hat.

„Ja?"

„Meinst du, ich soll Bruce davon erzählen? Also, dass wir uns mit Jasmine getroffen haben?"

„Hast du noch nicht?" Mit den Fingerspitzen der rechten Hand tippt sie sich an die Stirn. „Dumme Frage. Natürlich nicht. Ich würde es ihm sagen. Schließlich haben wir nichts Illegales getan. Und bei der Ahnung, die wir hinsichtlich Missy Trustworthy haben." Sie hebt eine Braue. „Womöglich ist es nicht schlecht."

Wir drücken uns ein weiteres Mal, dann macht sich jede von uns auf den Weg. Bruce' Wohnung liegt in der

August Street in Camden, so dass ich eine andere Richtung einschlagen muss als Terry. In Aldgate East steige ich in die Tube und lasse das Gespräch Revue passieren.

Um ehrlich zu sein, viel mehr als wir aus ihrem Podcast erfahren haben, hat uns Jasmine nicht erzählt. Immer mehr zweifle ich daran, ob sie tatsächlich so gut recherchiert hat, wie wir dachten. Im Grunde hat sie nur Hypothesen formuliert, die Bruce mir um die Ohren hauen würde. In mir reift der Entschluss, Bruce nicht nur vom Treffen, sondern auch Jasmines Überlegungen zu erzählen. Warum nicht den Sachverstand eines Inspectors nutzen?

Mit einer umgebundenen Schürze öffnet Bruce mir die Wohnungstür. „Fast pünktlich", sagt er augenzwinkernd.

„Sorry. War ein etwas längerer Weg."

„Wie kommts?"

Ich winke ab. „Erzähle ich dir später. Ich sterbe vor Hunger."

„Wie kommst du auf die Idee, dass es was gibt?"

Ich ziehe Bruce am Latz der Schürze zu mir hinunter und küsse ihn. „Sie haben sich verraten, Herr Inspector."

„Das liegt nur daran, dass Sie so gut kombinieren können, Miss Marple."

Ich lasse die Schürze los, um ihm einen Klaps auf seine Brust zu geben. „Miss Marple!", rufe ich und breche im nächsten Moment in Gelächter aus. „Das ist ja eine Unverschämtheit!"

Bruce stimmt ein. „Sorry! Das hat die Stimmung nicht weiter angeheizt, oder?"

„Eher nicht." Durch den kurzen Eingangsflur folge ich
Bruce in den offenen Küchen-, Wohn-, Schlafbereich.
Wobei wir erstgenannten Teil ansteuern, denn von
dort verteilt sich ein betörender Duft in der Wohnung.
„Lasagne?", frage ich, nachdem ich in den Backofen ge-
späht habe.

„Selbstverständlich eine vegetarische mit Spinat."

„So lieb von dir." Nur kurz springe ich auf, um ihm
einen Kuss auf die Wange zu drücken.

„Ich wusste, dass dieser Tag irgendwann kommt.
Dass er aber so früh in unserer Beziehung auftritt und
ich eifersüchtig auf eine Lasagne sein würde, dazu noch
vegetarisch." Bruce zuckt mit den Schultern und
schiebt die Unterlippe vor.

„Das ist doch nur temporär, weil ich so einen Hunger
habe."

„Sagt die schwarze Witwe auch, nachdem sie ihrem
Mann den Kopf abgebissen hat." Dafür erntet er erneut
einen Klaps. Dieses Mal auf seinen Arm.

„Seit wann bist du denn so frech?"

„Und seit wann du gewalttätig?" Bruce grinst mich
frech an, und ich stürze mich auf ihn, um ihn ein weiteres Mal zu küssen. Dieses Mal aber filmreif. „Siehst
du? Mich liebt sie doch mehr", sagt er über meine
Schulter hinweg an den Backofen und damit an die Lasagne gewandt.

Dennoch erstarren wir beide wie vom Donner gerührt. Das „L-Wort" hat bislang noch keiner von uns
ausgesprochen.

„Ich sollte mal schauen, ob die gut ist. Nicht, dass ich
dir Kohle serviere." Bruce stößt ein verlegenes Lachen

aus und löst sich von mir, um vor dem Backofen in die Hocke zu gehen.

Und erneut eröffnen sich mir zwei Möglichkeiten: Einfach darüber hinwegzugehen, als habe Bruce nichts gesagt oder es anzusprechen. Die Linn von vor einigen Monaten, die sich nur heimlich nach Bruce verzehrte, hätte, ohne zu zögern, Option eins gewählt, aber ich habe mich seitdem verändert. Und so gehe ich neben Bruce in die Hocke, lehne meinen Kopf an seine Schulter und sage: „Du hast vollkommen recht."

Bruce neigt den Kopf nach hinten, um mich anzusehen. „Womit?"

„Na, mit dem, was du unserem Essen erzählt hast."

Immer noch blickt er mich konsterniert an.

„Ich liebe dich tatsächlich mehr als die Lasagne." Das bringt uns beide zum Lachen, was guttut.

Wir erheben uns und sehen einander an, während das Lachen verebbt. Ich kann nicht anders, als Bruce lächelnd in die Augen zu schauen. Das muss jetzt raus. „Und nicht nur im Vergleich zu einer kulinarischen Köstlichkeit, egal, wie gut sie auch ist." Ich hole Luft. „Bruce, ich liebe dich."

Das darauffolgende Schweigen und wie sein Mund ein Stück weit geöffnet bleibt, während seine Augen sich unter den hebenden Brauen weiten, lässt meine Zuversicht wie schlecht aufgeschlagenen Milchschaum zusammenfallen.

„Sorry. Das war wahrscheinlich zu früh", murmele ich und wende mich ab. Ich kann nicht länger in sein Gesicht schauen. Was hab ich mir nur dabei gedacht?

Ich spüre seine Hand auf meiner Schulter, wie er mich sanft zu sich umdreht. Wie ein trotziges Kind wende ich den Kopf von ihm fort, bis er mit den Fingerspitzen vorsichtig mein Kinn berührt, um mein Gesicht vor seines zu bringen.

„Linn. Ich liebe dich auch."

Bevor ich nachfragen kann, um mich zu vergewissern, dass ich nicht träume, spüre ich schon seine Lippen auf meinen. Was als Bestätigung ausreichen sollte. Aber niemand ändert sich vollkommen. „Das heißt, du liebst mich auch?"

Bruce fasst mich bei den Händen. „Lass mich mal scharf nachdenken." Er kneift ein Auge zusammen und neigt den Kopf zur Seite, schiebt dann die Unterlippe vor und sieht mich langsam nickend an. „Ich denke, das fasst den Sachverhalt zutreffend zusammen."

„Blödmann", sage ich grinsend und knuffe ihm in die Seite, woraufhin er mich erneut in seine Arme schließt.

„Selber", flüstert er mir ins Ohr. „Aber das macht nichts. Ich liebe dich trotzdem." Bruce beugt sich zu mir herunter, um mich zu küssen, verharrt dann kurz vor meinem Gesicht, während sein Blick über meine Schulter geht. „Sei mir nicht böse", sagt er, drängt sich an mir vorbei, um die Ofentür zu öffnen. „Aber das wäre fast schiefgegangen." Mit Topflappen, die er vom Haken über dem Induktionskochfeld nimmt, holt er die Schale aus dem Ofen.

„So sehr ich auf deine Küsse stehe. Das wäre sehr schade gewesen", sagte ich mit Blick auf die Käsekruste, die eine sehr dunkelbraune Farbe angenommen hat. Wenig später wäre sie verbrannt gewesen. Mein Magen meldet sich knurrend zu Wort.

„Oha! Da beeile ich mich besser. Nicht, dass meine Liebste mich verspeist." Bruce stellt die Schale auf das Kochfeld und holt Teller aus dem Hängeschrank.

„Wenn du weiterhin so süß und zum Anbeißen bist, geschieht das auch mit gefülltem Magen." Ich trete hinter ihn und beiße ihm zärtlich in die Schulter.

„Was habe ich mir da nur ins Haus geholt?" Bruce lädt zwei grotesk große Stücke auf die Teller.

„Wer soll denn das essen?", frage ich grinsend.

„Der Wolf da drin." Er deutet auf meinen Bauch und lächelt ebenfalls, um dann die Teller zum Tisch zu bringen.

„Ich wusste nicht, dass du so gut kochen kannst", sage ich nach den ersten Bissen.

„Hast wohl gedacht, der ewige Junggeselle ernährt sich nur von Pizza und Cornish Pasties."

„Nein!"

„Liebste, ich bin ziemlich gut darin, eine Lüge zu erkennen."

Ich erröte. „Das habe ich wohl tatsächlich geglaubt. Vor allem, da ich keine gute Köchin bin."

„Ist nicht wahr!" Bruce reißt die Augen auf, und seine Verwunderung wirkt nicht gespielt. „Aber du bist doch Konditorin."

„Eben. Das ist ja Backen. Das hat mit Kochen nur bedingt etwas zu tun."

Er steckt sich ein Stück Lasagne in den Mund, kaut, nickt dann. „Da ist was dran. Irgendwie habe ich das in einen Topf geworfen."

„Das tun die meisten. Und in Restaurantküchen werden ja auch Desserts und Hauptgerichte zubereitet, aber meist sind dafür auch unterschiedliche Personen zuständig. Und besonders Kuchen und Pralinen sind das Metier der Konditoren."

„Das heißt also, dass du für den Nachtisch zuständig bist." Bruce grinst schief.

„Im Grunde hast du recht. Ich hätte etwas aus dem Café mitbringen sollen."

„Hast du aber nicht."

„Ich kann ja mal schauen, was du so da hast. Vielleicht fällt mir etwas ein."

Bruce' Grinsen wird breiter. „Liebste, du bist so süß, wenn du verlegen wirst. Hast du dir schon mal überlegt, dass ich genau das wollte, dass du eben kein Dessert dabei hast?"

„Ja?", frage ich.

Bruce bricht in Gelächter aus. „Da steht aber jemand auf dem Schlauch. Ich baue hier Doppeldeutigkeiten als Vorspiel in die Essenskonversation und du?"

Jetzt muss ich ebenfalls lachen. „Also gut. Auf dieses Dessert lade ich dich gerne ein."

Kapitel 17

„Hört sich ziemlich abenteuerlich an." Bruce streicht mir sanft durch das Haar.

Wir liegen in seinem Bett, und gerade habe ich ihm von Jasmine und deren Vermutungen berichtet. „Finde ich auch."

„Ich konnte mittlerweile in Williams' Akte einen Blick werfen. Es stimmt, dass auch damals vermutet wurde, dass er Komplizen hatte. Ein Bankraub ist selten eine One-Man-Show."

„Aber in die Bank ging er alleine?" Ich kenne die Antwort, aber es ist etwas anderes, das offiziell bestätigt zu bekommen.

„Ja. Ich bin außerdem über eine Formulierung gestolpert, die mich stutzig gemacht hat. Die Kollegen, die den Fall untersucht haben, leider beide mittlerweile nicht mehr im Dienst, haben sich über das Vorgehen gewundert."

„Dass er allein in die Bank gestürmt ist?"

„Nicht nur das. Normalerweise versucht ein Bankräuber, maximale Beute zu machen."

„Trifft wohl auf jeden zu."

Bruce beugt sich zu mir rüber und gibt mir einen Kuss auf die Stirn. „Siehst du. Deshalb liebe ich dich unter anderem. Für deinen wachen Verstand."

„Unter anderem?"

„Dazu kommen wir später." Bruce zwinkert mir zu. „Williams aber machte noch nicht einmal Anstalten in den Tresorraum zu gelangen."

„Vielleicht, weil er das sowieso für aussichtslos hielt?"

„Mag sein. Aber warum überfällt jemand dann überhaupt eine Bank? Er hat ungefähr 125.000 Pfund erbeutet. Versteh mich nicht falsch. Das ist viel Geld, aber für einen Bankraub, bei dem man mit großen Schwierigkeiten rechnen muss, und die Chance hoch ist, gefasst zu werden." Bruce zieht die Stirn kraus.

„Du meinst, großer Aufwand für geringe Erfolgsaussichten?"

„So in etwa."

„Aber es wurde niemand gefasst, der ein Komplize hätte sein können. Auch keine Verdächtigen?"

„Leider nein."

„Stimmt es, dass Matthew nichts gesagt hat?"

„Kein Wort."

„Ist das seltsam?"

Mir gefällt, wie Bruce' Augen sich verengen, als er kurz nachdenkt. „Gute Frage, die ich nicht eindeutig beantworten kann. Sicherlich reden die meisten Täter, schließlich wollen sie sich entlasten. Aber es hat auch schon vor ihm solche gegeben, die nichts gesagt haben."

Ich ziehe die Decke hoch, so dass meine Schultern bedeckt sind. „Und was Jasmine glaubt? Dass es eine Organisation gibt, die ihn angestiftet hat?"

„In der Akte habe ich nichts in der Richtung gelesen. Schaue mir das nochmal an, aber sicherlich wäre mir das aufgefallen."

„Unser Vermieter, Mr Norwood, und Williams haben diese Organisation gegründet."

„Für die philippinischen Frauen."

„Genau. Die sie hierher bringen, um sie mit Männern zu verheiraten. Jasmine glaubt, dass das ein Deckmantel für etwas anderes ist."

Bruce legt die mir abgewandte Hand in den Nacken. „Hinweise, die das stützen, hat sie allerdings nicht."

„Nur, dass außer den Frauen auch Familienangehörige hierher kamen."

„Was nicht ungewöhnlich ist. Zunächst einmal wollen viele Menschen die Familie in der Nähe haben, und zweitens darfst du nicht vergessen, dass diese Frauen nicht uneigennützig handeln. Oder meist nicht zu irgendetwas gezwungen werden. Schließlich wollen sie aus ihrem Land weg und eine bessere Zukunft haben."

„Aber bestimmt nicht mit einem Mann, den sie nicht lieben."

„Sicherlich ist das nichts, was man pauschal beurteilen oder verurteilen sollte. Und es wird tragische Fälle geben, ganz klar. Ich wollte dir nur eine andere Perspektive aufzeigen. Wie ich sonst schon sagte, eine Grauzone." Bruce kratzt sich an der Stirn. „Ob die Frauen unter anderen Umständen mit diesen Männern zusammen wären? Keine Ahnung. Womöglich nicht, aber sie werden auch nicht unbedingt dazu gezwungen."

„Durch die Umstände schon."

„Lass uns nicht darüber streiten. Ich denke, wir verstehen den Standpunkt des Anderen, und es liegt mir fern, das zu verteidigen."

„Du hast recht", sagte ich und lege meinen Kopf auf Bruce' Brust. Ich höre sein Herz darin schlagen und denke darüber nach, was er gesagt hat. Tatsächlich bin ich davon ausgegangen, dass die Frauen gegen ihren Willen handeln und quasi verschleppt werden, um verheiratet zu werden. Und natürlich stellt sich die Frage, ob sie den Schritt ohne den Druck der wirtschaftlichen Not machen würden. Aber werde ich ihnen gerecht, wenn ich sie gleich in die Opferrolle dränge? Überhaupt – was offenbart das über mich? Sollte ich meinen Geschlechtsgenossinnen nicht mehr zutrauen?

Etwas regt sich in mir, das ich nicht zuordnen kann. Eine diffuse Ahnung, nicht greifbar oder noch nicht greifbar.

„Was geht da vor?" Höre ich und spüre, dass Bruce mich auf den Hinterkopf küsst.

„Das weiß ich selbst noch nicht genau." Das entspricht der Wahrheit, dennoch erwarte ich eine Rückfrage, doch die bleibt aus.

Stattdessen streicht er mir durch das Haar, während ich weiter seinem Herzschlag lausche. Zufriedenheit kann in einem Moment unerreichbar und im nächsten Augenblick so einfach zu erlangen sein, denke ich und schließe die Augen. So angenehm es ist, mit Bruce hier zu sein, meine Gedanken kreisen um Matthew und Jasmine.

Ich drehe mich um, um Bruce anzusehen. „Ich muss dir noch etwas erzählen."

„Okay?"

„Diese Jasmine wollte etwas für ihre Informationen."

„Ihr habt euch hoffentlich nicht zu irgendetwas Halbgarem verleiten lassen?" Bruce sieht mich prüfend an.

„Keine Sorge. Sie möchte nur dabei sein und darüber in ihrem Podcast berichten."

Bruce seufzt. „Noch gibt es keine Ermittlungen, weil ja gar nichts geschehen ist."

„Eben. Es handelt sich um Recherche, deshalb dachte ich auch, dass es kein Problem ist. Natürlich werde ich ihr keine Informationen von dir weitergeben."

Bruce grinst schief. „Bei einem Fall, der bereits einige Jahre zurückliegt und über den auch viel berichtet wurde, ist das kein großes Thema. Die Informationen sind ohnehin in der Welt." Er drückt mir einen Kuss auf die Stirn. „Die Sache lässt dich nicht los, oder?"

„Da ist diese Ahnung, dass es wichtig ist, weil es noch nicht abgeschlossen ist. Bescheuert?" Mit den Fingerspitzen streiche ich über seinen Arm.

„Du weißt, was ich von deinen Ahnungen halte. Entscheidend ist nur, dass ihr euch nicht in Gefahr begebt und mich in erster Linie auf dem Laufenden haltet."

„Klar." Ich kaue auf meiner Unterlippe. „Vielleicht sollte ich mich mit dieser Association for Philippine Women mal auseinandersetzen."

„Das hört sich zumindest nicht gefährlich oder illegal an", sagt Bruce grinsend.

Kapitel 18

„Das gibt's doch nicht!" Bevor ich Terry meinen Ausruf erklären kann, bin ich zur Cafétür gestürmt. Durch die sind nämlich keine Geringeren als Schwester Agnes und die kleine Schwester Nelly, alias Tomatia, hereingekommen. „Herzlich willkommen, liebe Schwestern", sage ich, um die beiden zu empfangen.

„Wir wollten uns die Geburtsstätte des grandiosen Kuchens anschauen." Schwester Agnes sieht sich mit großen Augen um, als sei sie noch nie in einem Café gewesen.

Ich erinnere mich, dass sie mir bei meinem Besuch im Kloster sagte, sie gehöre zu denjenigen, die eher zurückgezogen leben, somit kann das tatsächlich zutreffen. „Ich habe einen schönen Tisch für Sie. Sie bleiben doch auf einen Kaffee und ein Stück Kuchen?"

Nelly nickt eifrig. „Sehr gerne." Sie nimmt mit Agnes Platz, und ich gehe zu Terry, die hinter dem Tresen steht.

„Ich hoffe, sie hat ihre Flöte nicht dabei?", fragt sie mich grinsend.

„Das hoffe ich auch", entgegne ich und muss lachen. „Sind total süß, die zwei." Ich werfe einen Blick über die Schulter. Agnes schaut sich immer noch staunend um, als sei sie in Disney World gelandet, und wahrscheinlich wirkt es auf sie auch so. „Hab gar nicht gefragt, welchen Kuchen sie wollen", überlege ich laut, um dann in die Finger zu schnippen. „Schokoladenkuchen, genau. Zumindest war das der Geburtstagskuchen für Nelly."

„Der Porsche?" Terrys Grinsen wird breiter. „Schade, dass die Oberschwester nicht dabei ist. Sonst würde ich einen unserer spritzigen Cock Cakes servieren."

„Untersteh dich!" Ich schneide zwei Stücke von unserem Schokokuchen, die ich auf Teller platziere, und mache mich dann an die Zubereitung zweier Latte macchiati.

„Was für ein munteres Treiben. Interessant anzuschauen, aber ich weiß schon, warum ich sonst eher zurückgezogen lebe", sagt Agnes, nachdem ich den beiden Kaffee und Kuchen serviert habe.

„Wir haben übrigens den Artikel über Sie gelesen", sagt Nelly. „Beeindruckend, dass Sie beide neben der ganzen Arbeit hier noch Zeit haben, Kriminalfälle zu lösen."

Ich lächle nervös. „Na ja. Wir haben nur unterstützt. Gelöst wurden die Fälle von der Metropolitan Police."

„Stellen Sie Ihr Licht nicht unter den Scheffel." Agnes zeigt mir den erhobenen Zeigefinger. „Starke Frauen wie Sie braucht diese Welt."

„Oh ja." Mit der Gabel trennt Nelly ein Stück von ihrem Kuchen ab. „Immer noch sind Frauen meist die Opfer von Verbrechen."

„Tatsächlich hatten wir neulich erst einen furchtbaren Fall, in dem es genau darum ging." Ich stemme die Hände in die Hüften. „Um Frauen, die zur Prostitution gezwungen wurden." Fast möchte ich mir auf die Zunge beißen. Ist das ein Thema, das ich gegenüber zwei Nonnen ansprechen sollte?

Doch Nelly schaut mich aufgeregt an. „Tatsächlich? Ob Sie es glauben oder nicht, wir haben neulich erst bei unserer Gesprächsrunde im Kloster über das Thema gesprochen.“

Das kann ich wirklich kaum glauben.

Agnes und Nelly scheinen mir das anzusehen und grinsen. „Ja, wir versuchen, uns in vielfältigen Angelegenheiten zu engagieren. Unsere Mitschwester Fiona hat sich dieses schwierigen Themas angenommen.“

„Es gibt skrupellose Menschen, die Frauen aus anderen Ländern hierher holen, in der Verheißung eines besseren Lebens. Aus Afrika oder den Philippinen.“

Beim letzten Wort horche ich auf. „Philippinen?“

„Fiona kümmert sich gerade um eine philippinische Frau – eine schlimme Geschichte.“ Nelly schüttelt sich, als wäre ihr kalt.

„Meinen Sie, ich könnte mit Schwester Fiona mal sprechen?“, frage ich.

„Ganz bestimmt. Rufen Sie einfach bei uns im Kloster an“, antwortet Agnes.

„Hoffentlich habe ich Ihnen nicht den Kuchenappetit verdorben mit den schweren Themen?“ Ich mache ein zerknirschtes Gesicht.

„Dann würden wir selten etwas herunterbekommen.“ Agnes winkt ab. „Und, wie Sie sehen“, sie klopft auf ihren Bauch, „bekomme zumindest ich immer noch zu viel runter.“ Sie lacht ihr herzerfrischendes Lachen, in das Nelly und ich einstimmen.

Ich spüre eine Berührung an der Schulter und drehe mich um. „Was ist los?“, frage ich Terry, die mich angetippt hat und deren Gesichtsausdruck nach schlechten Neuigkeiten aussieht.

„Hast du einen Moment?“

„Na klar.“ Ich folge ihr hinter den Tresen.

„Roger hat eben angerufen, oder ich habe ihn zurückgerufen. Völlig egal.“ Terry beginnt, mit ihrem Nasenpiercing zu spielen, scheint sich dessen bewusst zu werden, seufzt und verschränkt die Arme vor der Brust. „Er sagt, dass es unausweichlich ist, dass meine Granny Liz in ein Heim muss.“

„Wie kommt er darauf?“

„Er sagt, dass sie fast ihre Bude abgefackelt hätte.“ Terry schüttelt den Kopf, als könne sie das nicht glauben. „Sie hat da diese Nachbarin. Ich weiß nicht, ob du dich an die erinnern kannst?“

Ich denke nach. „Sorry. Glaube nicht.“

„Das komplette Gegenteil meiner Granny. Eine typisch englische Lady mit steifem Kragen an ihrer Bluse und ebenso steifer Oberlippe. Toleriert keinen schiefgewachsenen Grashalm auf ihrem Rasen.“

Eine Erinnerung wird in mir hochgespült. „Die, die uns als Kinder mal angebrüllt hat, weil unser Ball auf ihrem Rasen gelandet ist?“

„Wusste ich doch, dass du sie kennst.“ Terry verzieht den Mund zu einem humorlosen Grinsen.

„Wenn deine Granny nicht zur Stelle gewesen wäre, hätte die uns wahrscheinlich gekillt.“

„Damit liegst du sicherlich richtig. Mrs Patricia Hillsworth ist zehn Jahre jünger als meine Granny, und es ist kein Geheimnis, dass sie einander nie mochten. Immer wieder hat die gute Mrs Hillsworth nach Möglichkeiten gesucht, meiner Granny einen reinzuwürgen. Und ihre letzte Mission scheint zu sein, sie aus dem Haus zu bekommen."

„Was ist denn passiert?"

„Die besorgte Mrs Hillsworth nervt meinen Dad schon einige Zeit mit Anrufen, hat ihn bereits schön mürbe gemacht. Und jetzt soll Liz im Wohnzimmer ein Feuer entzündet haben."

„Hat sie?", frage ich und ahne bereits die Antwort.

„Schon. Aber, wie immer, in ihrer kongolesischen Feuerschale. Sie wollte wohl einen alten Geist beschwören. Wahrscheinlich sollte der die Hillsworth heimsuchen und in den Wahnsinn treiben."

„Um ehrlich zu sein", ich massiere mir den Nacken, „die Vorstellung, dass meine neunundachtzigjährige Nachbarin in ihrem Wohnzimmer ein Lagerfeuer veranstaltet, fände ich auch ein wenig beunruhigend."

Terry zuckt mit den Schultern. „Meine Granny ist da ja nicht unerfahren. Wenn jemand mit Feuer umgehen kann, dann sie."

Da ich nicht glaube, dass es uns weiterbringt, über diesen Punkt zu diskutieren, lasse ich das unkommentiert.

„Auf jeden Fall will Roger sie jetzt in so ein Gefängnis für alte Leute abschieben. Schau dir das mal an." Terry hält mir ihr Handy entgegen, das ich in die Hand nehme.

Aufgerufen ist die Website einer Seniorenresidenz, die auf den ersten Blick keinen schlechten Eindruck macht. „Ist nicht das Magnolia Gardens, aber ..."

„Exakt!", ruft Terry aus. „Das wäre ein Laden für meine Granny, wenn es schon ein Heim sein muss."

„Ist ziemlich teuer, denke ich."

„Sie hat doch das Haus, das man nur verkaufen müsste."

„Wo war das nochmal gleich?"

„Sutton."

„Stimmt." Ich werfe einen Blick in Richtung Gastraum und registrierte zwei erhobene Hände. „Wir müssen wieder los." Terrys traurige Miene tut mir in der Seele weh. „Weißt du was?", frage ich. „Ich wollte doch ohnehin meine Mom anrufen. Dann kann ich die ja mal auf ihre Kontakte ansprechen. Ein Thema, das sie liebt, schließlich kann sie dann zeigen, wie gut vernetzt sie ist. Womöglich kann diese Judith Borrows, über die wir damals den ersten Auftrag im Magnolia Gardens bekommen haben, etwas tun."

Ich freue mich, dass sich Terrys Gesichtsausdruck aufhellt. „Das wäre toll."

„Ganz großartig hat es geschmeckt", sagt Agnes freudestrahlend, als ich an den Tisch der beiden Ordensschwestern trete.

„Das freut mich."

„Aber nicht so gut wie mein Kuchen." Nelly errötet ein wenig, als wolle sie mir ihren früheren Spitznamen in Erinnerung rufen.

„Der war ja auch eine Maßanfertigung. Die sind immer was besonderes." Ich stelle die leergegessenen Teller aufeinander. „Darf es denn noch etwas sein?"

„Das dürfen Sie mich niemals fragen. Zumindest nicht hier." Agnes lacht erneut ihr ansteckendes Lachen, was ihre gesamte Gestalt zum Erbeben bringt.

„Ich kann bei meinem nächsten Besuch etwas mitbringen." Ich grinse Agnes verschwörerisch an.

„Nächster Besuch? Stimmt ja!" Mit den Fingerspitzen tippt sie sich an die Stirn. „Sie wollten ja das Gespräch mit Schwester Fiona suchen." Sie lehnt sich über den Tisch zu mir vor. „Ich sage es mal so – bevor hier etwas von den vortrefflichen Backwaren verdirbt, womit niemandem gedient wäre." Sie legt den Kopf schief und deutet auf ihren Bauch.

„Schon vermerkt", entgegne ich lächelnd.

„Nächste Woche", wirft Nelly ein, deren Fingerspitzen aufgeregt gegeneinander tippen. „Nächste Woche findet ein Konzert unseres Blockflötenquartetts im Kloster statt. Wir würden uns freuen, wenn Sie und Ihre Freundin kommen würden."

Ach Du heilige Scheiße! Damit habe ich nicht gerechnet, und obwohl mein Hirn blitzschnell Ausreden backt, ist keine dabei, die ich verwenden könnte. Derweil beäugen Nelly und Agnes mich aufmerksam.

„Sie haben ja immer so viel zu tun", sagt Agnes, die womöglich meinen inneren Widerstreit bemerkt hat.

Inständig hoffe ich, dass die Hitze, die in mir auflodert, nicht mein Gesicht rot verfärbt. „Wir werden es natürlich versuchen." Irgendwie scheint das noch nicht zu reichen, deshalb nötige ich mir ab, weiterzusprechen. „Schließlich sind die Konzerte ihres Quartetts ja legendär."

„Das ist so lieb von Ihnen." Nelly strahlt, und statt Hitze fährt mir flaue Kälte in den Magen.

Du hast ja nicht gelogen, versuche ich mich zu beruhigen, weiß aber um die Fadenscheinigkeit dieses Arguments.

„Sie werden sicherlich alles versuchen", wendet sich Agnes an mich, um dann Nelly anzuschauen. „Und falls die viel beschäftigten Damen es nicht einrichten können, habt ihr die Schar eurer engagierten Mitschwestern hinter euch."

„Wie immer hast du recht." Nelly nickt Agnes zu, und ich halte das für mein Stichwort, um mich zu verabschieden.

Nachdem ich das schmutzige Geschirr in der Spülmaschine verstaut habe, schreibe ich meiner Mutter eine Message, ob ich sie nach Feierabend anrufen kann.

„Du hast ja einen richtig guten Draht zu Gottes Konkubinen." Klirrend stellt Terry das Tablett auf der Theke ab.

„Nicht nur ich. Wir beide sind ausdrücklich zum nächsten Pfeifkonzert eingeladen."

„Nicht dein Ernst!"

„Leider doch." Ich beginne, das von Terry hergeschleppte Geschirr in die Maschine zu räumen. „Und ich überlege, auch hinzugehen."

„Ist das ein neuer Fetisch, den ich nicht kenne? Oder Todessehnsucht?"

„Weder noch. Im Kloster gibt es eine Schwester, Fiona, die sich wohl mit dem Schicksal philippinischer Frauen in London befasst."

„Das ist schön, aber ..." Terry schlägt sich die Hand an die Stirn. „Jetzt hab ich's kapiert! Du gerissenes Luder."

Ich knuffe ihr gegen die Schulter. „Das sagt die Richtige."

Eine Vierergruppe betritt laut lachend das Café, und Terry macht sich auf den Weg, während ich das restliche Schmutzgeschirr in die Maschine räume und dabei denke, dass wir um das Flötenkonzert des Grauens höchstwahrscheinlich nicht herumkommen werden.

Kapitel 19

„Da deine Mutter über so gute Kontakte verfügt, hat sie natürlich schon Neuigkeiten."

Ich halte das Telefon von meinem Ohr weg. So viel Fröhlichkeit, vor allem in dieser Lautstärke, ist zu viel für mich am frühen Morgen. Vor allem, da ich heute endlich mal hätte ausschlafen können. Andererseits bin ich froh, dass ich gleich schon Neuigkeiten für Terry habe. Gestern nach Feierabend meldete sich nämlich auf meine Message Mom bei mir, und ich konnte ihr von Terrys Granny Liz berichten. „Du weißt ja, dass das Magnolia Gardens stets ausgebucht ist. Aber Judith Borrows ist ja eine gute Freundin von mir und wird da eine Möglichkeit für Terrys Großmutter finden."

Keine Ahnung, ob meine Sinne heute Morgen geschärft sind, oder meine Mom noch lauter redet als sonst. Auf jeden Fall verstehe ich sie laut und deutlich und das mit immer noch weggehaltenem Hörer und ohne Lautsprecheraktivierung.

Die Überlegung, ob meine Mutter eine Antwort von mir erwartet, wird akustisch von ihr plattgewalzt, als ihre Stimme erneut aus dem Hörer plärrt. „Sie können sich heute das Magnolia Gardens anschauen. Miss Goosmore weiß Bescheid. Die kennt ihr beiden ja." Räuspern. „Ist ziemlich kurzfristig, aber andererseits, es ist das Magnolia Gardens, oder? Außerdem muss das natürlich schnell entschieden werden."

„Hmm", mache ich, obwohl jedwede Reaktion meinerseits überflüssig erscheint, denn Mom hat sich derweil so in Rage geredet, dass auch eine Topfpflanze als Gesprächspartnerin taugen würde. „Das ist ganz toll, Mom. Herzlichen Dank! Ich melde mich dann natürlich und erzähle dir, wie es gelaufen ist." Ich beende das Gespräch ohne schlechtes Gewissen, sondern einzig mit der Gier nach Kaffee.

Nachdem ich in die Küche geschlurft bin, bestücke ich die Kaffeemaschine, bevor ich mich ins Bad begebe. Komisch, dass wir im Café unsere Baristaqualitäten unter Beweis stellen und im Apartment einzig über die Low-Budget-Variante verfügen.

Nach der Dusche, noch mit dem Handtuch um den Leib gewickelt, hole ich mir die erste Tasse schwarzes Erwachen.

„Kaffee. Du bist die Beste." Terry imitiert mit vorgestreckten Armen einen auf die Kaffeemaschine zutaumelnden Zombie und schenkt sich eine Tasse ein.

„Außerdem habe ich gute Nachrichten. Mein werte Frau Mutter, in ihrer allumfassenden Herrlichkeit oder besser Fraulichkeit, hat Judith Borrows, ihrerseits Oberbonzin des Magnolia Gardens, verständigt. Die gute Nachricht ist, dass sie deiner Granny einen Platz besorgen kann, aber wir müssten heute schon hin."

„Kein Problem. Ich rufe Liz gleich an und sage, dass wir kommen. Die ist ohnehin bereits seit Stunden wach und beschwört Hausgeister oder räuchert die gerade aus. Wahrscheinlich beides gleichzeitig."

„Perfekt." Mit der Tasse in der Hand verschwinde ich in meinem Zimmer, um mich anzuziehen. Ich entscheide mich für schlicht, aber nicht zu leger. Immerhin gehört das Magnolia Gardens zu unseren wichtigen Kunden, und ich möchte einen guten Eindruck hinterlassen. Zumal die letzte Bestellung bereits einige Wochen zurückliegt, was hoffentlich nicht daran liegt, dass Miss Goosmore bei Mitbewerbern ordert, die ihr explosions- und genitalienbefreite Backwaren liefern.

Als ich auf den Flur trete, steht Terry schon bereit. „Hast du im Magnolia Gardens angerufen?", fragt sie.

„Mache ich von unterwegs. Wird ohnehin ein wenig dauern, bis wir deine Granny eingeladen haben." Die Hand auf der Klinke der Haustür, fahre ich herum. „Shaun. Den hätte ich fast vergessen."

„Was ist mit dem?"

„Ich habe ihm versprochen, ihn zu einem Termin zu begleiten."

„Hört sich wichtig an", sagt Terry. „Prostatavorsorge oder Schwangerschaftsberatung?"

„Blödfrau", entgegne ich lachend. „Habe versprochen, nichts zu sagen. Gehst du schon mal vor, und ich kläre das kurz mit ihm?"

Nachdem Terry die Wohnung verlassen hat, gehe ich zu Shauns Zimmertür, um vorsichtig anzuklopfen, und bin überrascht, als die nahezu unmittelbar danach geöffnet wird. Shaun trägt Tanktop und Jogginghose, und seine zerstrubbelten Haare verraten, dass er gerade dem Bett entstiegen ist.

„Was würde ich dafür geben, nach dem Aufwachen so gut auszusehen?", frage ich ihn.

Shaun legt die Hand an den Hinterkopf und gähnt. „Dann ist mein Aussehen ein mieser Betrüger. Mein Hirn pennt nämlich noch." Seinem schiefen Grinsen folgt ein weiteres Gähnen. „Sorry."

„Ich wollte auch nur kurz fragen, wann du zu deinen Eltern wolltest?"

Er reibt sich die Augen. „Am liebsten gar nicht." Als würde er meinen Einwand bereits erwarten, hebt er die Hand. „Aber natürlich ziehe ich das heute durch."

„Ich müsste nochmal weg und Terry begleiten. Ihre Oma soll in ein Altenheim."

„Seniorenknast? Was hat sie angestellt?"

„Durch meine gnädige und erlauchte Frau Mutter wird zumindest ein Luxuskittchen draus."

„Mach dir keinen Stress. Mein Dad ist ohnehin bis abends in der Werkstatt, deshalb reicht es, wenn wir hier gegen vier aufbrechen."

„Bis dahin bin ich definitiv zurück." Einem Impuls folgend, umarme ich Shaun kurz. „Und du, mach dir nicht zu viele Sorgen."

„Wird schwierig, aber ich versuch's."

Ich kann nicht anders, als ihn ein weiteres Mal zu drücken, um mich dann zu verabschieden und eiligen Schrittes die Wohnung zu verlassen.

Kapitel 20

Von London nach Sutton ist es fast eine Stunde Autofahrt, die wir mit Herumalbern und Mitsingen zu unseren Lieblingssongs verbringen. In Terrys schon antik anmutender Rostlaube hat das Radio noch einen CD-Player, und das Handschuhfach ist voller gebrannter CDs. Da die Terry-typisch natürlich nicht beschriftet oder sortiert sind, wird das Einlegen jedes Mal zu einer Überraschung, was für mich schöner ist als das heute alltägliche Streamen einer Playlist.

Laut singen wir Aretha Franklins „Respect" mit, und ich wünsche mir, dass diese Autofahrt niemals endet. Denn zu der Freude im Wagen gesellt sich Sonnenschein von außen.

„Ich hatte das Haus viel größer in Erinnerung", sage ich, als unsere Fahrt am Homeland Drive in Sutton endet.

„Als Kind erscheint einem doch alles größer." Terry dreht den Zündschlüssel, woraufhin der Motor erstirbt.

Die richtige Umschreibung für das Geräusch, das das Gefährt von sich gibt, denn jedes Mal fürchte ich, dass ich Zeuge des letzten Dienstes bin, den das treue Auto geleistet hat.

Wir steigen aus, und ich lasse meinen Blick über den Vorgarten schweifen. „Erinnert mich irgendwie an einen Friedhof."

„Ist es auch." Terry schließt ab.

„Echt jetzt?" Entgeistert starre ich die unterschiedlichen Steinformationen auf der dunklen Erde an. Jede verfügt über eine Art Laterne, innerhalb derer eine Kerze brennt. Einige der Monumente weisen Flächen auf, die mich an Mini-Altare erinnern, und auf denen knöcherne Tierschädel präsentiert werden. Mich wundert, dass Liz diese Kultstätte hier unterhalten kann und nicht längst vom wütenden Mob der Anwohner um die Ecke gebracht wurde.

„Liz hat hier einige Tiere vergraben. Sie sagt, die Seelen stärken die spirituelle Energie des Ortes."

„Wundert mich, dass sie einfach so zugestimmt hat, hier wegzuziehen."

Terry bleibt stehen und verzieht den Mund. „Hat sie eigentlich nicht."

„Nicht dein Ernst."

„Ich wollte ihr das lieber persönlich sagen."

„Hat Roger das nicht bereits getan? Ich dachte, der hätte sich bereits um alles gekümmert."

„Und deshalb ist sie echt sauer auf ihn."

Ich gehe näher an Terry heran. „Was hast du ihr denn gesagt?"

„Dass wir einen Weg finden."

„Oh Mann, das wird ja was. Und wie hast du den Besuch im Magnolia Gardens erklärt?"

Terrys Gesicht verrät mir die Antwort. Kaum zu glauben, aber in Bezug auf ihre Granny ist Terry längst nicht so tough und geradeheraus wie sonst.

Ich fasse sie bei der Schulter. „Alles klar. Wir bekommen das schon hin."

„Oder?"

Heute scheint jeder eine Umarmung zu benötigen. Nach Shaun in der Wohnung schließe ich jetzt Terry in meine Arme. So feste, wie sie mich drückt, wird mir klar, wie sehr sie die Sache mitnimmt und dass ich das Richtige gesagt habe. Ich nehme mir vor, bei dem Gespräch die Führung zu übernehmen. „Lass mich ruhig die Böse sein, okay?", frage ich, während ich Terry auf Armeslänge von mir weghalte.

„Okay."

Über einen gepflasterten Weg, der den Totenacker-Vorgarten teilt, gelangen wir zur Haustür, die ein Türklopfer ziert, selbstverständlich ebenfalls in Form eines Totenschädels. Den Ring zwischen dessen Zähnen ergreift Terry und lässt ihn dreimal auf die korrespondierende Metallfläche prallen.

Daraufhin lässt sich Poltern vernehmen, dann Liz' aufgeregte Stimme, die etwas ruft, von dem ich nur die Worte „Poe" und „Beschwörungsknochen" verstehen kann, was für mich keinen Sinn ergibt. Die Tür schwingt auf, und im Rahmen steht Liz.

Mein Hirn benötigt Zeit, um das Gesehene zu verarbeiten. Meine Erinnerungen an Terrys Granny liegen weit zurück und sind dementsprechend getrübt, dass sie eine imposante Erscheinung ist, weiß ich aber noch. Derart imposant hatte ich sie allerdings nicht in Erinnerung, denn das Alter hat sie keineswegs in eine gedrungene Haltung gezwungen, wie es das bei den meisten Menschen tut.

Liz überragt Terry und mich locker und besitzt Körperspannung und Haltung, die mich an eine Filmdiva denken lassen. Im Kontrast dazu steht das Gewand, das sie trägt. Eine bessere Bezeichnung fällt mir dafür nicht ein. Man könnte auch sagen, dass sie sich, passend zum Privatfriedhof, als Priesterin gekleidet hat. Die wallenden Ärmel der Grobstrick-Tunika erinnern an die Flügel einer Fledermaus, und farblich liegen sie irgendwo zwischen Regenbogen und Andromedanebel. Die graue Mähne ist drapiert und fixiert, als sei sie ein Helm, den Liz aufgesetzt hat. Die vielen Ketten aus bunten Glassteinen, die von kleineren Knochen durchsetzt sind, während an einer ein Kaninchenschädel hängt, der auf ihrem Dekolletee prangt, geben bei jeder ihrer Bewegungen klackernde Geräusche von sich.

„Dechen!", ruft sie und fällt Terry um den Hals. Bevor ich fragen kann, was es mit dieser eigentümlichen Begrüßung auf sich hat, wendet Liz sich mir zu. „Und wenn das nicht die kleine Jamyang ist. Bei den guten Geistern, bist du groß geworden."

Terry bricht in Gelächter aus, denn ich muss aussehen, als hätte ich gerade eine Ufo-Landung beobachtet. „Erinnerst du dich nicht mehr an unsere tibetanischen Namen, die Liz uns gegeben hat?", fragt Terry mich. „Dechen bedeutet Freude und Jamyang sanfte Stimme." Sie wendet sich an ihre Großmutter. „Sorry, ich meinte natürlich Shenyen."

„Kinder, kommt herein." Unter Klappern ihrer Ketten winkt Liz uns ins Haus, und ich weiß nicht, was mich sprachloser macht. Die seltsamen Namen oder dass diese Frau neunundachtzig Jahre alt sein soll, aber mindestens zwanzig Jahre jünger wirkt.

Sofort steigt mir der Geruch von Räucherstäbchen in die Nase, und ich mache auch die Quelle aus. Gegenüber der Haustür ist eine Art Altar aufgebaut. Eine steinerne Figur mit Elefantenkopf im Lotussitz, zu deren

Füßen Rauchschwaden aufsteigen. Angesichts dieses Arrangements erscheint es verwunderlich, dass Liz nicht schon längst das Haus abgefackelt hat.

„Bittet erdet euch zunächst", sagt Liz.

Ich blicke Terry fragend an und sehe meinen Plan, den Hauptgesprächsteil zu übernehmen, schwinden. Es ist, als würden wir von unterschiedlichen Planeten stammen.

„Deine Schuhe", sagt Terry und deutet auf ein Schuhregal.

Ich streife meine Stiefel ab, stelle sie neben das Regal und möchte bereits loslaufen, werde jedoch von Terry zurückgehalten.

„Nimm die hier." Sie hält mir Latschen hin, deren Sohle aussieht, als wäre sie aus Holz, während der Riemen, den man über den Fuß ziehen muss, an das Blatt einer Pflanze erinnert. „Bambus", sagt Terry.

„Ein nachhaltiges Holz, das euch ins Hier und Jetzt bringt", sagt Liz und eilt voraus, wobei sie die Arme ausbreitet und die weiten Ärmel flattern lässt, als wären die tatsächlich Flügel. Da ihre Füße unter der Robe nicht zu erkennen sind, gewinne ich den Eindruck, sie schwebe. Verdutzt sehe ich ihr nach und muss dem Impuls widerstehen, mir die Augen zu reiben.

„Keine Sorge. Gleich sind alle Vorkehrungen getroffen." Terry grinst breit, und dennoch wirkt sie angespannt. Mich wundert außerdem, dass sie bislang keinen Witz über die seltsamen Gepflogenheiten ihrer Granny gemacht hat.

Der Raum, den wir betreten, ist mit Bastmatten ausgelegt, auf denen schwarze Kissen platziert sind, die sich um einen niedrigen Tisch aus dunklem Holz gruppieren. Auf einem sitzt ein rabenschwarzer Kater, der bei meinem Anblick faucht und die Flucht ergreift.

„Das war übrigens Poe", sagt Terry.

„Setzt euch." Liz deutet auf die Kissen und erstaunt mich ein weiteres Mal, als sie in einer gleitenden Bewegung behände auf einem der Polster landet. Wozu auch ihr Gewand beiträgt, das sie nun wie eine Insel aus Farben umgibt.

Ich bemühe mich, es ihr gleich zu tun, plumpse aber eher wie ein flugunfähiges Vogelküken auf die Unterlage. Aus dem Augenwinkel beobachte ich, dass Terry sich nicht geschickter anstellt, was mich ein wenig beruhigt.

„Jamyang und Dechen." Liz hält die Hände, Handflächen aufeinandergelegt, vor die Brust. „Was kann ich für euch tun. Seelenreinigung oder ein jenseitiger Kontakt?"

Es fällt mir schwer zu glauben, dass diese Frau in ein Altersheim soll. Zwar entstammen die Dinge, die sie sagt, einer Welt, die mir fremd ist, dennoch handelt es sich nicht um zusammenhangloses Gestammel. Nicht zu reden von der körperlichen Fitness.

Terry wirft mir einen Blick zu, was für mich das Signal ist, mein Versprechen einzulösen. „Liz", ich stocke, um nachzudenken, kann mich beim besten Willen aber nicht mehr an den eigentümlichen Namen erinnern, den Terry benutzt hat.

„Shenyen", sagt Terry.

„Shenyen. Genau." Ich nicke Terry dankbar zu. „Terry ... Dechen", der Stolz darüber, dass mir das eingefallen ist, lässt mich lächeln, „macht sich ein wenig Sorgen um dich."

„Wirklich?" Liz sieht Terry an.

„Granny, du weißt doch noch, das Feuer vor ein paar Tagen?", fragt Terry.

„Das war doch eine ganz normale Opferung!" Liz', alias Shenyens, Kopf zuckt zurück, woraufhin die Ketten ihr Klickern und Klackern erklingen lassen.

„Es ist doch sicherlich ganz schön einsam hier?", frage ich und ernte irritierte Blicke der anwesenden Damen.

Liz denkt darüber nach und nickt. „Auch die Zwiesprache mit den Jenseitigen ersetzen kein zwischenmenschliches Gespräch."

„Das kann ich mir vorstellen. Wie wäre es, wenn du an einen Ort ziehen würdest, wo du einerseits für dich sein, andererseits aber unter Menschen kommen kannst. Immer, wenn du das Bedürfnis danach hast."

„Kinder, ich verstehe, was ihr versucht." Liz führt die Hände zueinander, so dass die vollständig in den Ärmeln verschwinden. Fast erwarte ich, dass sie im nächsten Moment abhebt, um einige Zentimeter über dem Boden zu schweben. „Wir werden das Auge öffnen." Sie springt auf, wobei mich ein weiteres Mal die Leichtigkeit des Vorgangs begeistert. „Dechen. Sei so gut, mir zu helfen."

Noch ehe ich Terry fragen kann, was nun geschehen wird, kämpft die sich in den Stand, um zu ihrer Granny zu gehen. Beide verschwinden aus dem Zimmer und kehren kurze Zeit später mit einer metallenen Schale, die sie tragen, zurück. Auch ohne eine Erklärung weiß ich, dass dies die kongolesische Feuerschale sein muss, die uns ironischerweise hierhergeführt hat.

„Der Raum muss zunächst gereinigt werden. Jamyang, bitte erhebe dich auch." Liz vollführt mit der Hand eine auffordernde Geste in meine Richtung, wobei sie ihren Walleärmel in einen hypnotischen Tanz versetzt.

Wo sie das Feuer und den Pflanzenstumpf herhat, kann ich nicht ausmachen. Vermute aber, dass sie beides aus irgendeiner der vielfältigen Ausbuchtungen ihres Gewands geborgen hat. Mit dem glühenden Strunk in der Hand und wiegenden Schrittes durchwandert Liz, alias Shenyen, den Raum und stößt dabei Laute aus, die an ein erstgebärendes Schakalweibchen denken lassen.

„Was ist das?", zische ich Terry zu, als mir der Qualm stechend in die Nase steigt.

„Weißer Salbei", entgegnet die.

Mittlerweile hat sich der Raum mit grauem Rauch gefüllt, und mir schießen Tränen in die Augen. Ich keuche zweimal, dann öffnet Terry dankenswerterweise die Glastür, die in den Garten führt, und der Nebel lichtet sich etwas.

Meine Hoffnung, damit das Spektakel überstanden zu haben, erfüllt sich jedoch nicht, denn Liz lässt ein brennendes Zündholz in die Schale fallen, die Terry und sie in die Mitte zwischen den Sitzpolstern platziert haben. Mit einem „Wusch" lodern Flammen auf, und immer mehr kann ich die Nachbarin Mrs Hillsworth verstehen. Schon eine einmalige Vorführung lässt mich Angst und Bange werden.

„Kinder!", ruft Liz, die gefährlich nahe an der Schale steht. Ich sehe schon ihre Helmfrisur, die sicherlich mit leichtentzündlichem Haarspray und das flaschenweise in ihre Form gezwungen wurde, lichterloh brennen.

„Der Kreis! Schnell, der Kreis der Harmonie!" Sie streckt die Arme zu den Seiten aus, beugt und streckt die Finger.

Terry greift nach der einen Hand und streckt mir ihre andere entgegen. Ich zögere. Die Sache ist mir immer noch nicht geheuer, doch ich gebe mir einen Ruck und trete in die Lücke. In schlangenartigen Bewegungen lässt Liz Oberkörper und Hüfte hin und her schwingen. Außerdem stößt sie ein tiefes Brummen aus, als verberge sich unter ihrer Kutte Willie Olsen aus der Serie „Unsere kleine Farm", der die Maultrommel schlägt. Schwer zu sagen, was mich mehr überrascht, die weitere Demonstration ihrer Beweglichkeit oder der Ausdruckstanz an sich.

„Kinder! Ihr müsst einstimmen. Tief aus dem Nabelchakra und die ganze Energie hinausgiemen."

Überfordert sehe ich zu Terry rüber, die bereits dabei ist, sich zu schlängeln. Weniger eindrucksvoll als Liz, so dass ich meine Hemmungen ablegen kann, um es zumindest zu versuchen. Den Gedanken, was wir hier machen und wie das dazu führen soll, Liz ins Magnolia Garden zu bekommen, kämpfe ich nieder.

Nach einigen Sekunden stellt sich tatsächlich ein tranceartiger Zustand ein, und mein Kopf leert sich. Zu was auch immer uns Liz angestiftet hat, funktioniert. Wie lange wir vor uns hin schwingen und unser Nabelchakra hinausgiemen, kann ich nicht sagen. Irgendwann aber öffne ich erst ein, dann beide Augen und beobachte, wie Liz nicht mehr seitlich, sondern vor und zurück wippt. Nicht weniger enthusiastisch, während die lackierte Haarpracht keinen Millimeter von der betonierten Position abweicht. Was man von ihrem Gewand nicht behaupten kann. Dieses wogt bei jedem Vorzucken auf das Feuer zu.

So schnell mein Denken frei wurde von Grübeleien, so schnell kehren die zurück, und ich sehe Liz jeden Moment in Flammen aufgehen. Als ich gerade glaube, es nicht mehr aushalten zu können, stoppt sie. Terry, die ebenfalls die Augen geöffnet hat, gibt ihren Tanz auf, und so betrachten wir nun gebannt Liz, die mit weit aufgerissenen Augen in die Feuerzungen glotzt.

Erkennen kann ich nicht, was sie dort sieht, wohl aber vernehme ich ein Murmeln, das von ihr stammt. Ihre Lippen bewegen sich, als würde sie lange Textpassagen herunterbeten. Soll ich näher an sie herangehen, um besser zu verstehen?

Meine Frage geht in einem kieksenden Laut unter, den Liz herausschmettert. „Der Adler!", ruft sie. „Der Garten! Die gütige Frau!" Dann lässt sie unsere Hände los, um aus dem Zimmer zu flattern und mit einem Behältnis zurückzukehren, dessen Inhalt sie in die Schüssel entleert. Wasser, wie ich vermute, denn daraufhin ersterben die Flammen, und in mir breitet sich Erleichterung aus, von einer Gefahrenquelle erlöst zu sein.

„Kinder! Ich bin ermattet. Bitte gebt mir einen Augenblick." Mit diesen Worten gleitet Liz durch die Gartentür in eben jenen.

„Was war das?", frage ich Terry.

„Sie hat das Auge geöffnet", sagt Terry, als müsse ich darauf entgegnen „Aber selbstverständlich. Entschuldige bitte die dumme Frage." Als sie aber meinen konsternierten Blick bemerkt, kichert sie. „Ich habe keine Ahnung, aber das Gefühl, dass wir es gleich erfahren werden."

Zu einer weiteren Frage komme ich nicht mehr, denn Liz schwebt zurück ins Zimmer. „Kinder! Zeigt mir diesen Ort", sagt sie.

Das beeindruckt mich, denn ich kann mich nicht erinnern, dass wir davon gesprochen haben, ihr einen Ort zeigen zu wollen. Womöglich ist an dieser Wahrsager-Spiritualitäts-Geschichte mehr dran, als ich glaube?

Kapitel 21

Ich kann immer noch nicht glauben, dass wir in Terrys klapperigem Auto sitzen und auf dem Weg zum Magnolia Gardens sind. Noch eigentümlicher ist die Ruhe, mit der Liz auf der Rückbank thront, wobei ihre Haarpracht nahezu das Wagendach erreicht. Grinsend stelle ich mir vor, wie Terry eine Bodenwelle überrollt, die Liz nach oben katapultiert, wobei dem Haarhelm keine Delle zugefügt wird, wohl aber dem Dach über ihr.

Seit sie uns mitteilte, dass wir ihr diesen Ort zeigen sollen, ist Liz stumm. Weder wollte sie wissen, wo wir hinfahren, noch stellte sie sonstige Nachfragen. Stattdessen sieht sie aus dem Fenster, während ein Lächeln ihre Mundwinkel umspielt, und erinnert mich an eine schlankere Version Dame Ednas, nur die Brille fehlt.

„Das Magnolia Gardens ist eine ganz wunderbare Anlage", sage ich, einerseits, weil ich die Stille füllen möchte, andererseits, damit ich mir nicht vorkomme wie eine Entführerin, die ihr Opfer an einen unbekannten Ort verschleppt. „Ich bin mir sicher, dass es dir gefallen wird. Wir beliefern die Herrschaften dort schon einige Monate mit Kuchen. Überwiegend Geburtstagskuchen. Die werden nämlich groß gefeiert."

Ob Liz mir zuhört, kann ich nicht ausmachen. Mit unverändertem Gesichtsausdruck sieht sie aus dem Fenster. Terry scheint es ebenfalls die Sprache verschlagen zu haben. Wenn es den beiden nicht unangenehm ist, sollte es das auch nicht für dich sein, beschließe ich und lehne mich zurück, um die Augen zu schließen. Den Rest des Weges döse ich vor mich hin, reiße nur einmal die Augen auf, als Terry in die Eisen gehen muss und flucht, weil ein Fahrer, ohne den Blinker zu setzen, auf unsere Fahrspur ausschert.

Ohne weitere Zwischenfälle dieser Art erreichen wir schließlich das Magnolia Gardens, und ich wende mich erwartungsvoll zu Liz um, hoffe ich doch, eine Reaktion aus ihrer Miene zu lesen. Die ist jedoch unverändert. Verweilt in einer seligen Sphäre entrückter Fröhlichkeit. Soll mir recht sein. Besser, als wenn sie traurig oder verärgert wäre.

Miss Goosmore erwartet uns bereits am Eingangsportal. Während Liz das Bad vor unserer Abfahrt besuchte, informierte ich die leitende Pflegerin über unser baldiges Eintreffen. Kaum sind wir ausgestiegen, stürmt sie freudig auf uns zu. „Da sind Sie ja. Ich bin schon ganz aufgeregt, die Frau Großmutter unserer lieben Konditorinnen kennenzulernen."

Den Hinweis, dass Liz einzig Terrys Granny ist, erspare ich mir und schüttele stattdessen Miss Goosmore die Hand. „Vielen Dank, dass Sie es einrichten konnten. Wir wissen das sehr zu schätzen."

„Mit Freude, mit Freude." Mit ihren prallen roten Wangen wirkt Miss Goosmore wie ein Geburtstagsballon, der jeden Moment vor Begeisterung platzt. „Sie müssen Mrs Basker sein", wendet sie sich an Liz.

„Shenyen, gütige Frau", entgegnet die und hält der verwirrt dreinblickenden Miss Goosmore die Hand so hin, als erwarte sie einen Hand-, zumindest aber einen Ringkuss.

„Ich verstehe nicht." Miss Goosmore schaut mich hilfesuchend an.

„Ein Spitzname", sage ich und bin froh, dass Liz keine Widerworte gibt. Besser, wir haben den Heimplatz in der Tasche, bevor Terrys Granny die Gesamtheit ihrer Person offenbart. Mir fällt ein, dass Liz die „gütige Frau" nach unserer seltsamen Beschwörung erwähnt hat. Ob sie tatsächlich Miss Goosmore gesehen und nun wiedererkannt hat? Jetzt hör auf mit dem Blödsinn!, ruft mir eine innere Stimme zu, aber ein seltsames Gefühl bleibt wie ein bitterer Geschmack hinten auf meiner Zunge liegen.

„Ach, wie schön. Wie schön." Miss Goosmore nickt eifrig, als müsse sie sich selbst einreden, dass es schön ist. „Und ungewöhnlich. Woher stammt der Name denn?"

„Das Auge", antwortet Liz und ergreift dabei den Kaninchenschädel, der an einer der Ketten um ihren Hals hängt. „Das Auge hat ihn mir gezeigt."

Miss Goosmore starrt auf das, was Liz' Finger umschlossen halten, und ich erkenne, dass mir nur ein Sekundenbruchteil bleibt, bevor sie erfasst hat, was das ist.

Kurzerhand mache ich einen Schritt zur Seite, so dass ich zwischen ihr und Liz stehe. „Aus dem Fernsehen. Liz hat den Namen aus dem Fernsehen, das sie ‚das Auge' nennt."

Offenkundig verwirrt, zupft Miss Goosmore den blassrosa Kasack zurecht, den sie wie alle Pflegekräfte im Magnolia Gardens trägt. „War Sie längere Zeit in

Übersee?", fragt sie dann. Wahrscheinlich für sie die einzige Erklärung für Liz' seltsame Äußerungen.

„Ich bewege mich regelmäßig in jenseitigen Sphären, gütige Frau", sagt Liz, die mittlerweile ebenfalls einen Schritt zur Seite gemacht hat, um aus meinem Schatten zu treten.

Als wäre sie ein gefährliches Tier, tastet sich Miss Goosmores Blick von Liz' Haarpracht über das Gesicht bis hin zum bunten Kettengewirr, wo er verharrt.

„Wir möchten Ihre wertvolle Zeit nicht zu lange in Anspruch nehmen", sage ich zu Miss Goosmore. „Es wäre großartig, wenn Sie Liz Ihre wunderschöne Einrichtung zeigen könnten."

Sichtlich dankbar darüber, auf gewohntes Terrain zurückkehren zu können, beginnen Miss Goosmores Augen zu leuchten. „Nichts lieber als das." Sie geht voran, und unsere kleine Gruppe folgt ihr, während sie uns zunächst den großzügigen Garten präsentiert. „Spielen Sie Tennis?", wendet sie sich an Liz.

„Das Konzept, was auf mich zukommt, von mir wegzuschlagen, ist mir fremd", entgegnet die.

„Ach so." Miss Goosmore zieht die Stirn kraus. „Wir haben auch noch unser großes Schachbrett."

Bevor Liz entgegnen kann, dass es da ebenfalls ums Schlagen geht, sage ich: „Und du gehst doch gerne spazieren, Liz. Schau mal, wie weitläufig der Park ist." Tatsächlich lässt Liz den Blick schweifen, und ich nutze die Gelegenheit, um Miss Goosmore in ein Gespräch zu verwickeln, wie es denn zurzeit mit Geburtstagen aussieht. Einerseits, um irritierende Gespräche zwischen ihr und Terrys Granny zu unterbinden, andererseits, da es mich interessiert, denn die letzte Kuchenbestellung liegt einige Wochen zurück.

„Sie haben sich bestimmt schon gewundert." Miss Goosmore führt die Hand zum Mund. „Mein Gott, daran habe ich gar nicht gedacht, dass Sie denken müssen, wir wollten keine Ihrer vortrefflichen Kuchen mehr."

„Das ist es nicht." Meine Lüge klingt halbherzig, und ich verfluche mich, nicht einfach den Mund gehalten zu haben.

Miss Goosmore aber scheint das nicht bemerkt zu haben, oder ihre Höflichkeit gebietet ihr, so zu tun, als habe ich die Wahrheit gesagt. „Dann bin ich erleichtert. Es ist nämlich ganz und gar nicht so. Der einzige Grund ist, dass in die letzten Wochen allgemein wenig Geburtstage fielen und die wenigen nicht gefeiert wurden. Es handelt sich um sehr kranke Bewohner, die keine Feier abhalten konnten."

„Das tut mir leid." Erneut frage ich mich, ob die Entgegnung passt, aber etwas Besseres fällt mir nicht ein.

„Lieb von Ihnen." Miss Goosmores Strahlen verrät mir die Antwort. „Tatsächlich habe ich einen neuen Auftrag für Sie. Eine besondere Torte, für ein besonderes Geburtstagskind."

Mir liegt auf der Zunge zu entgegnen, dass ich dies bereits mindestens einmal aus ihrem Mund gehört habe, weiß jedoch, dass Miss Goosmore es tatsächlich so meint. Der Beiname „gütige Frau", den Liz ihr gegeben hat, ist passend. „Wie wäre es, wenn wir uns darüber unterhalten, während Terry und Liz sich das Zimmer anschauen, das für sie frei wäre?" Hoffentlich nimmt Miss Goosmore mir meinen Vorstoß nicht übel, aber bis Liz hier einen festen Platz hat, möchte ich die Kontaktzeit der beiden auf ein Minimum reduzieren.

„Eine gute Idee", entgegnet Miss Goosmore, und ich atme auf.

Kapitel 22

„Ich wusste ja, dass Liz speziell ist, aber ..." Ohne Ahnung, wie ich den Satz zu Ende führen soll, verstumme ich.

Terry lacht. „Oh ja! Aber dafür hat sie Charakter."

„Definitiv." Ich räuspere mich. „Sag mal, sie kam mir überhaupt nicht verwirrt vor." Ich muss schmunzeln. „Rechnen wir das übrige Programm mal zu ihren Spezialitäten."

„Roger war mit ihr bei einem Neurologen, und der sagte, dass es eine beginnende Demenz ist, die sich nur ab und zu bemerkbar macht, aber insgesamt leider zunehmen wird."

„Und ein Moment, in dem sie ihre Feuerschale vergisst zu löschen, würde auch schon ausreichen." Ich öffne das Handschuhfach, um die Box mit den CDs herauszuholen.

„Meinst du, es klappt mit dem Magnolia Gardens?"

Würde Terry nicht fahren und ich uns damit in Lebensgefahr bringen, würde ich sie wieder in die Arme schließen. In Bezug auf ihre Granny ist und bleibt sie das kleine Mädchen, das Zuspruch benötigt. „Mach dir keine Sorgen. Ich denke, dass die Sache ohnehin schon geritzt war. Man kann über meine Mutter sagen, was man will, aber ihre Kontakte funktionieren wirklich. Und diese Judith Borrows ist die größte Magnolie im

Strauß." Ich freue mich, Terry damit zum Lachen zu bringen.

„Ich liebe Liz. Das tue ich wirklich und bin selbst sicherlich nicht die Gesellschaftskonformste." Terry wirft mir einen Seitenblick zu, und ich imitiere einen Reißverschluss, mit dem ich meinen Mund verschließe. „Aber sie ist schon eine Marke."

„Im Alter wird das nicht unbedingt besser." Nachdem ich die Box geöffnet habe, nehme ich eine CD heraus, die ich gegen die im Player tausche. „Denke aber, dass Miss Goosmore, so brav sie auch erscheint, da einiges gewöhnt ist. Denk mal an Mrs Avory und Konsorten. Ich habe zwar versucht sie abzulenken, aber wahrscheinlich wäre das gar nicht nötig gewesen."

„Hmm." Terry nickt zögerlich. „Nur, dass sie am Ende gesagt hat, sie meldet sich, macht mich unsicher. Das klingt wie eine Absage."

„Weißt du was? Ich rufe morgen mal meine Mom an. Die wird so begeistert sein, erneut die Retterin in der Not zu sein, dass sie bestimmt gleich nachhakt und wir Bescheid wissen."

„Cool", sagt Terry, und es klingt erleichtert.

„Hör mal!", rufe ich aus und drehe die Musik lauter. Aus den Lautsprechern ertönt „Titanium" von David Guetta, und sogleich grölen Terry und ich mit. Man kann wirklich sagen, dass wir einen „Querbeet-Musikgeschmack" haben, und genauso sind auch Terrys CDs, denn im Anschluss geben Soundgarden „Black Hole Sun" zum Besten, ohne dass unser enthusiastischer Gesang nachlässt.

Als ich auf die Uhr sehe, verstumme ich allerdings und reduziere die Lautstärke, woraufhin Terry mich fragend ansieht. „Viertel vor vier", sage ich.

„Willst du dich für die Zeitansage bewerben?"

„Quatsch! Ich habe mit Shaun vereinbart, dass wir um vier Uhr aufbrechen wollen. Schaffen wir das?"

„Nicht ganz. Eine halbe Stunde brauchen wir noch."

„Dann rufe ich ihn an."

„Was ist das überhaupt für ein ominöses Treffen?"

Ich seufze. „Aber bitte sag nichts. Eigentlich soll ich es für mich behalten."

Terry wirft mir einen vielsagenden Blick zu. „Jetzt rück schon raus damit."

„Shaun will heute zu seinen Eltern, um sich zu outen."

„Jetzt verstehe ich." Sie setzt den Blinker, um die Spur zu wechseln. „Lieb von dir, ihm beizustehen."

„Hoffentlich gelingt mir das."

„Deine Anwesenheit wird ihm sicherlich helfen. Reden muss er schon allein."

„Na klar." Ich sehe aus dem Beifahrerfenster. „Nimmt ihn ganz schön mit die Sache."

„Wenn sein Vater tatsächlich so engstirnig ist."

„Manchmal reagieren Menschen anders, als man meint."

Terry schiebt die Unterlippe vor. „Bestimmt bin ich die Letzte, die Stereotypen bedienen möchte, aber ein Automechaniker in einer Kleinstadt? Ich weiß nicht."

Ich zucke mit den Schultern und wähle Shauns Kontakt, um ihm meine Verspätung mitzuteilen.

„Kein Ding!", ertönt seine Stimme aus dem Handy. „Dann sind wir immer noch gut in der Zeit. Bin ja froh, dass du mitfährst."

„Hab's doch versprochen. Dann bis gleich." Ich beende das Gespräch und mache die Musik wieder lauter.

„Das hast du doch so abgepasst." Terry grinst breit.

Einen Augenblick benötige ich, um zu begreifen, was sie meint, dann lache ich ebenfalls und stimme in Gloria Gaynors „I am what I am" ein, was Terry mir kurz darauf gleichtut.

Die restlichen Minuten Fahrtzeit fliegen vorbei, und ehe ich mich versehe, sind wir zurück in der Wohnung und ich kurz darauf mit Shaun in dessen Auto. Objektiv sicherlich eine Verbesserung, denn Shaun fährt ein Einser BMW Cabriolet mit schicken Ledersitzen und einer HiFi-Anlage, deren Bass einem ordentlich den Magen von innen nach außen krempelt. Dennoch können mich die Housebeats, die durch die Lautsprecher auf mich einprasseln, nicht annähernd so in Stimmung bringen wie Terrys Mix-CDs.

„Sorry. Ich mach mal leiser." Shaun tippt aufe einen Knopf am Lenkrad, und das Getöse nimmt ab. Bestimmt hat er meinen wenig begeisterten Gesichtsausdruck bemerkt. „Wo wohnt Terrys Granny?"

„Sutton."

Shaun grinst. „Da wäre es fast einfacher gewesen, ich hätte dich dort abgeholt. Jetzt fährst du den Weg bereits das zweite Mal."

„Im Grunde schon das dritte Mal", sage ich. „Mit Terrys Granny sind wir dann ja in das Altenheim gefahren und haben sie wieder zurückgebracht."

„Dann hast du wirklich was gut bei mir."

„Ach, Quatsch. So komme ich auch mal wieder aus der Stadt raus." Ich muss gähnen.

„Schlaucht aber offenbar doch."

„Ich schaffe das schon." Mit den Füßen drücke ich mich ab, um mich in eine aufrechtere Position zu setzen. „Was kannst du mir denn über Caterham, deine Heimatstadt, sagen?"

„Genau genommen komme ich aus Caterham Valley. Das Kaff teilt sich nämlich noch in Caterham on the Hill auf."

„Hört, hört." Mit den Händen forme ich einen Trichter um meinen Mund, als ich das ausspreche.

Shaun lacht auf. „Und es ist genauso unspektakulär, wie es sich anhört. Gute zwanzigtausend Einwohner, wobei im Valley, also im gigantischen Zentrum der Metropole, kaum die Hälfte davon leben." Er sieht zu mir rüber. „Reicht das?"

„Ich habe eine Vorstellung. Wobei Ashtead, mein Heimatkaff, auch nicht mehr zu bieten hat. Glaube sogar, dass dort noch weniger Menschen leben."

„Und die gehören meist nicht zu den weltoffensten."

Ich tätschle ihm die Schulter. „Das weißt du nicht. Und mit allen reden musst du nicht, sondern nur mit deinen Eltern."

„Reicht mir auch schon." Shaun biegt links ab. „Vor allem wird das deren Sorge sein, was passiert, wenn die Nachbarn davon erfahren."

Gefangen zwischen Mut zureden und nicht den Eindruck zu erwecken, ich würde Shauns Problem verharmlosen, fehlen mir, ehrlich gesagt, die Worte. Soll ich das Thema wechseln? Fällt für mich in den Verharmlosungsbereich. Deshalb entscheide ich mich für die Flucht nach vorne. „Was ist dein Vater für ein Mann?"

Shaun scheint kurz nachzudenken, was ich als positives Zeichen werte. „Man könnte wohl sagen, dass er Dinge am liebsten greifen kann", sagt Shaun.

„Das klingt philosophisch."

„War auch so gemeint, weil mir das gerade bewusst wurde. Er arbeitet gerne mit den Händen, liebt seinen Job als Automechaniker. Er sagt, dass es ihn glücklich macht, etwas Kaputtes wieder zum Laufen zu bringen." Shaun wirft mir einen Seitenblick zu. „Mir ist gerade erst klar geworden, dass sich das nicht nur auf den Beruf beschränkt. Mein Dad kann die Sachen gerne in die Hand nehmen, deshalb habe ich das gesagt."

„Verstehe. Er hat es nicht so sehr mit, sagen wir mal, abstrakten Problemen."

„So kann man es auch formulieren." Er wirft einen Blick über die rechte Schulter, aktiviert dann den Blinker, um die Spur zu wechseln. „Hört sich das an, als würde ich ihn für dumm halten? Das tue ich nämlich nicht."

Ich schüttele den Kopf. „Überhaupt nicht. Ich kann das sogar gut verstehen. Am Backen liebe ich auch die Klarheit der Aufgabe. Natürlich kann ich ein Rezept variieren, aber letztendlich habe ich eine begrenzte Anzahl an Zutaten und Arbeitsschritten und erhalte dann ein Ergebnis. Ich glaube, dass es vielen Menschen so geht, dass die sich nach einer solchen Vereinfachung ihres Lebens sehnen."

„Wobei das auch nicht immer einfach ist. Trotzdem kann etwas schiefgehen. Sowohl dein Kuchen, als auch die Reparatur meines Dads oder ein Drink, den ich mixe."

„Glaubst du, dass ein schwuler Sohn zu abstrakt für deinen Dad ist?"

Shaun presst die Lippen zusammen. „Eher das Gegenteil. Ich denke, dass er ein zu greifbares Bild vor Augen haben wird. Ein Falsches, wohlgemerkt."

„Sollte das Gespräch diesen Verlauf nehmen, ist das genau der Punkt, an dem du ansetzen solltest. Deinem Dad zeigen, dass du glücklich bist und dich im Grunde nicht geändert hast, sondern endlich der bist, der du sein willst und der du schon viel länger bist." Ich streiche mir eine Strähne hinter das Ohr. „Was ist mit deiner Mutter?"

Shaun zuckt mit den Schultern. „Mom und ich hatten immer ein gutes Verhältnis. Sie ist eher ruhig, wie mein Dad übrigens auch. Beide verlieren selten viele Worte. Vielleicht führen sie deshalb so eine harmonische Ehe."

„Hast du eigentlich Geschwister?"

„Ich habe eine zwei Jahre jüngere Schwester."

„Die wohnt aber nicht mehr bei deinen Eltern, oder?"

Shaun schaltet einen Gang hoch. „Nein. Sarah lebt in Paris."

„Echt? Wow!"

„Ja, sie ist zum Studium dorthin und dann schlug die Liebe zu. Claude, ihr Freund, ist ein cooler Typ. Leider sehen wir uns nur selten."

„Weiß sie schon von Aron?"

„Nein. Nicht, weil ich ihr das nicht erzählen will, sondern ich würde das am liebsten persönlich machen. Verstehst du?"

„Klar. Es gibt ja auch schlechtere Reiseziele als Paris."

„Stimmt wohl, aber ist auch kein Katzensprung."

Wir schweigen die restlichen Minuten der Fahrt. Ich versuche, mir Shauns Eltern vorzustellen. Von wem er wohl sein gutes Aussehen geerbt hat? Von beiden? Oder womöglich von keinem? Sollte ich mich für solche Gedanken schämen?

„Dann herzlich willkommen in Caterham, Mylady", sagt Shaun, als wir auf einen Kreisverkehr mit grünem Buschwerk in der Mitte zufahren, um den sich Häuser mit teilweiser Fachwerkfassade gruppieren.

„Sieht ganz heimelig aus."

„Wenn du mit heimelig verpennt und rückständig meinst, gebe ich dir recht." Shaun fährt in den Kreisverkehr, um den sogleich, an der ersten Ausfahrt wieder zu verlasen. „Ist nicht mehr weit", sagt er und trommelt mit den Fingern auf das Lenkrad. „Das ist übrigens der Friedhof." Er deutet durch die Windschutzscheibe auf die weitläufige Grünfläche, bevor wir nach rechts abbiegen und das Areal zur Linken passieren.

„Ich mag ja Friedhöfe", sage ich und ernte dafür einen irritierten Seitenblick. „Wirklich. Die haben etwas Friedliches."

„Allerdings, da bekommst du ewige Ruhe." Er parkt den Wagen vor einem einzeln stehenden Haus mit Backsteinfassade und Giebeldach. „Schauen wir mal, was wir hier bekommen."

Kapitel 23

„Und ich soll wirklich keinen Kuchen backen? Und kein Abendessen kochen?" Mrs Zemeckis, Shauns Mutter, scheint immer noch Schwierigkeiten mit Shauns und meiner Ablehnung ihres Vorschlags zu haben, den sie bereits zum zweiten Mal wiederholt.

„Das ist sehr freundlich, Mrs Zemeckis, aber wir wollen Ihnen keine Umstände machen", antworte ich.

Sie winkt ab. „Das macht doch keine Umstände. Ich kann schnell ein paar Sandwiches belegen."

„Mom! Jetzt setz dich doch einfach mal hin." Shaun deutet auf den Sofaplatz neben seinem Vater, und seine Mutter gehorcht.

Diese wenigen Minuten Familienleben, denen ich beiwohnen durfte, haben mir einiges offenbart: Shaun ist für seine Eltern ihr Ein und Alles. Normalerweise würde mich das zu Spott veranlassen, womöglich auch Neid, da ich es mit meinen Eltern, insbesondere meiner Mom, anders getroffen habe. Jetzt aber gibt es mir ein gutes Gefühl, denn Eltern, die ihren Sohn so lieben, können doch kein Problem mit dessen Homosexualität haben? Oder denke ich da zu einfach?

Shauns Mom, die ihren Rock glatt streicht, wirkt älter als meine Mutter, obwohl sie sicherlich ein ähnliches Alter hat. Was vor allem an ihrem Kleidungsstil liegt, der die Bezeichnung „Hausmütterchen" verdient.

Christopher Zemeckis, Shauns Dad, erscheint hingegen alterslos mit seiner Arbeitslatzhose, den ölgeschwärzten Händen und einem prominenten Schnauzbart brauner Farbe, wie auch sein Haupthaar.

„Ich wollte euch etwas erzählen", sagt Shaun, woraufhin er den Boden fixiert.

Hätten wir besprechen sollen, was er sagen soll, frage ich mich, während die Stille sich im Raum ausbreitet und jeden Winkel mit Anspannung ausfüllt. Kurz überlege ich, etwas zu sagen, habe aber Sorge, Shaun damit vollends aus dem Konzept zu bringen. Daher entscheide ich mich, auf unserem Sofa, das dem der Eltern gegenübersteht, näher an ihn heranzurücken und eine Hand auf seine Schulter zu legen, um Unterstützung zu signalisieren.

„In meinem Leben hat sich etwas verändert. Wobei es wohl so ist, dass ich endlich das erlebe, was ich schon immer wollte", fährt Shaun fort.

Sein Vater rutscht auf seinem Platz hin und her, während die geschwärzten Finger ineinandergreifen, als würde er ein imaginäres Ventil öffnen oder schließen. Augenblicklich fällt mir Shauns Aussage ein, dass sein Vater Dinge begreifen möchte und das, angesichts Shauns kryptischer Aussage, kaum möglich ist.

Gerade, als ich entschieden habe, mich doch in das Gespräch einzuschalten, trifft mich der Blick Mr Zemeckis. „Sind Sie schwanger?", fragt er.

Ich starre ihn an, als hätte er mich gebeten, einen Square Dance aufs Parkett zu legen.

„Nein! Quatsch. Dad. Das ist es nicht", sagt Shaun kopfschüttelnd.

Mrs Zemeckis, die ein wenig enttäuscht wirkt, wringt mit beiden Händen ihren Rock. „Junge. Was ist denn dann los?"

„Ich habe jemand kennengelernt, womöglich meine große Liebe." Shauns versonnenes Lächeln ist zwar süß, aber ich fürchte, dass auch diese Aussage eher in die Irre führt, als zur Klärung beizutragen.

„Diese bezaubernde junge Dame?" Mrs Zemeckis deutet auf mich und bestätigt damit meine Befürchtung.

„Nein!", beeile ich mich zu entgegnen. „Ich bin es nicht, sondern Aron." Heiß fährt der Schreck in mich, dass mir der Name herausgerutscht ist.

„Aron?", fragt Mrs Zemeckis. „Ein ungewöhnlicher Mädchenname. Aber heutzutage nimmt man das ja nicht mehr so genau."

Ihr zu erklären, dass eine Person, egal ob männlich oder weiblich, die ihr Sohn liebt, mutmaßlich ein ähnliches Alter hat und damit der Ausdruck „heutzutage" nicht wirklich passend ist, erscheint überflüssig, sind die Zemeckis doch nicht nur auf dem falschen Dampfer, sondern auf einem anderen Ozean unterwegs als ihr Sohn.

„Aron ist ein Mann", sagt Shaun, als wäre der Satz eine schwere Last, von der er sich befreien müsste.

Erneut setzt Stille ein, als seine Eltern ihn wortlos anstarren. Mrs Zemeckis mit krausgezogener Stirn, sein Vater, sich am Hinterkopf kratzend. „Aber hast du nicht gesagt ...", beginnt Mr Zemeckis, um zu verstummen und seine Finger zu betrachten.

„Was Shaun Ihnen zu sagen versucht, ist, dass er einen wunderbaren Freund hat und die beiden sich lieben", sage ich.

Mrs Zemeckis spielt mit einem ihrer Ohrringe, während sie hilfesuchend ihren Mann anschaut, der seinerseits zu Boden starrt.

„Mom. Dad." Shaun atmet tief ein, dann wieder aus. „Ich liebe einen Mann. Ich bin schwul." Er rückt auf der Sitzfläche nach vorne. „Ihr fragt euch sicherlich, seit wann ich das weiß, aber das kann ich nicht sagen. Wahrscheinlich schlummert das schon viel länger in mir, und ich habe Zeit gebraucht, um mir darüber klar zu werden."

„Aber", Mr Zemeckis zieht die Brauen zusammen, während er seine Hände betrachtet, die miteinander ringen, „bei dir standen die Mädchen doch immer Schlange."

„Aber mit keiner habe ich das gefühlt, was ich bei Aron fühle." Shauns Stimme ist kaum mehr als ein Flüstern, dennoch ist der Inhalt so eindringlich und auf den Punkt gebracht, dass seine Eltern ihn anschauen. Förmlich hören kann ich, wie es bei beiden „Klick" macht, und als sich die zusammengezogenen Brauen von Shauns Vater entspannen und die Mundwinkel der Mutter sogar ein Lächeln umspielt, weiß ich, dass ihm mit dieser simplen Äußerung gelungen ist, um das Verständnis zu werben, das er sich wünscht. Mr Zemeckis erhebt sich als Erstes und geht zu seinem Sohn rüber. Zügig erhebe ich mich, um ihm Platz zu machen. Nachdem er sich neben Shaun gesetzt hat, legt er ihm eine Hand auf die Schulter, um ihn dann an sich zu ziehen und in den Arm zu nehmen. Die Schlichtheit dieser Geste treibt mir die Tränen in die Augen und eine Gänsehaut in den Nacken.

Es dauert nicht lange, bis Mrs Zemeckis ebenfalls aufsteht und herübergeht, um Vater und Sohn von der anderen Seite aus in die Arme zu schließen. Tränen der Rührung rinnen meine Wangen hinab, und ich vergrößere den Abstand zur Couch noch ein wenig mehr, schließlich möchte ich diesen familiären Moment nicht stören.

„Du bist wirklich glücklich?", fragt Shauns Mutter, nachdem die drei sich aus ihrer Umarmung gelöst haben und nebeneinander auf dem Sofa sitzen.

„Ich war noch nie so glücklich in meinem Leben."

„Dann sind wir es auch", sagt Mr Zemeckis.

„Und natürlich möchten wir deinen Aron bald kennenlernen." Mrs Zemeckis zupft ihre Bluse zurecht. „Was isst er denn gerne?" Sie springt vom Sofa auf. „Mag er Yorkshire Pudding und Beef Wellington? Morgen wollte ich ohnehin einkaufen gehen. Könnt ihr am Donnerstag zum Essen kommen?" Sie schüttelt den Kopf, als würde sie ihre eigene Frage beantworten. „Natürlich nicht. Ihr müsst doch arbeiten. Was arbeitet Aron eigentlich?"

Shaun grinst. „Mom! Beruhige dich. Wir können all deine Fragen klären, und natürlich stelle ich euch Aron bald vor. Aber ich muss zuerst mit ihm sprechen, wann er Zeit hat."

„Lydia, jetzt überfahr den Jungen nicht so." Mr Zemeckis, der ebenfalls aufgestanden ist, legt seiner Frau eine Hand auf die Schulter und drückt die sanft.

Nun erhebt sich Shaun ebenfalls und schaut seine Eltern etwas unschlüssig an. „Habt ihr sonst noch Fragen dazu? Also, dass ich mit einem Mann zusammen bin?"

Es erscheint fast so, als wolle Shaun, der bis eben noch die Reaktion seiner Eltern fürchtete und nun nicht glauben kann, dass die das so unaufgeregt aufgenommen haben, doch noch ein „Mehr" an Resonanz herauskitzeln. Das kann ich ihm nicht verdenken. So sehr ich mich freue, nicht von der Hand weisen lässt sich das Gefühl, dass seine Eltern nur so reagieren, weil sie nicht verstanden haben oder verstehen wollen, was Shaun ihnen gesagt hat.

Mr Zemeckis fasst seinen Sohn bei den Schultern. „Ich bin ehrlich, Junge." Er atmet tief ein, dann wieder aus. „Ich bin nicht gut in diesen Dingen. Das weißt du. Und ich muss das alles erst mal sacken lassen. Vielleicht kommt dann noch die ein oder andere Frage, das hat aber Zeit. Wichtiger ist, dass du dich uns anvertraut hast. Das wissen wir zu schätzen." Er lässt Shauns Schultern los, um im Anschluss zweimal darauf zu klopfen. „Sei glücklich und lass dich nicht unterkriegen."

„Danke, Dad." Shaun nickt seinem Vater zu, sieht dann seine Mutter an. „Mom?"

„Ich sehe das so wie dein Vater." Sie kratzt sich am Ellenbogen. „Du rufst an und sagst uns, wann ihr zum Essen kommt und mit was ich Aron eine Freude machen kann?"

Shaun grinst. „Und mit was du mir eine Freude machen kannst, ist nicht wichtig?"

Seine Mutter stemmt die Hände in die Hüften. „Shaun Zemeckis, wie ich dir von klein auf beigebracht habe, hat das Wohl der Gäste stets Priorität."

„Jawohl, Ma'am." Shaun steckt die Hände in die Taschen und blickt zu Boden.

Wie niedlich das ist, denke ich, denn seine zerknirschte Reaktion auf die Rüge seiner Mutter ist nicht gespielt, sondern eine anerzogene Reaktion. Ich bin mir sicher, dass der vierjährige Shaun bereits derart reagiert hat.

Mit der Einschätzung, dass seine Eltern nicht viele Worte verlieren, behält Shaun recht. So ist das Gespräch im Grunde auch beendet, und wir verabschieden uns bereits kurz darauf, um in Shauns Wagen zu steigen.

„Das lief doch super!", sage ich, als wir das Haus der Zemeckis hinter uns lassen.

„Ist es irre, dass ich das nicht glauben kann und erwarte, dass noch etwas kommt?" Shaun biegt links ab.

„Gar nicht. Das Gefühl hatte ich anfänglich auch, aber der Blick deiner Eltern. Der hat mir klar gemacht, dass sie es verstanden haben." Ich werfe einen Blick zurück durch die Heckscheibe, als würde ich Abschied vom Friedhof hinter uns nehmen. „Sicherlich kommt da noch die ein oder andere Frage, aber am wichtigsten ist, dass sie dich nicht nur akzeptieren, wie du bist, sondern mit dir glücklich sind. Das ist keine Selbstverständlichkeit. Auch nicht bei Heteros." Natürlich denke ich an meine eigene Mutter, möchte die aber nicht anführen. Heute geht es um Shaun, sein Coming-out und dass er seine Sache gut gemacht hat und diesen Stein endlich von seiner Seele wälzen konnte.

Kapitel 24

Der äußerst ereignisreiche Tag lässt mich tief und fest schlafen wie ein Baby und überraschenderweise auch ohne seltsame Träume. Ich habe es für sicher gehalten, zumindest von Liz und ihrem Beschwörungsritual zu träumen, stattdessen schlage ich am Morgen die Augen ohne eine Erinnerung an derartige Eskapaden im Traumland auf.

Dafür herrscht in der realen Welt bereits reges Treiben, zumindest dringen Stimmen und Geklapper aus der Küche an mein Ohr, so dass ich, anstatt ins Bad, zunächst dort nach dem Rechten schaue. „Was ist denn hier los?"

„Da ist sie ja. Mein seelischer Beistand." Shaun deutet eine Verbeugung an, kommt dann auf mich zu, um mich zu umarmen. „Ich wollte dir noch einmal danken."

„Im Grunde habe ich gar nichts getan", sage ich etwas verlegen.

Terry und Randall sitzen am Küchentisch, schauen mich an, und Terry hält mir den erhobenen Daumen entgegen. „Shaun hat schon alles erzählt. Habt ihr super gemacht."

„Er hat das super gemacht. Und seine Eltern haben fantastisch reagiert. Kann man nicht anders sagen." Ich lasse mich auf einen der zwei noch freien Stühle fallen.

„Womit ich wirklich nicht gerechnet habe." Shaun ist an den Herd getreten und fasst die Pfanne, die auf der Platte steht, am Griff. „Rührei oder Spiegelei?", fragte er mich über die Schulter.

„Rührei", sagen Terry und ich wie aus einem Munde, um anschließend zu lachen, denn wir beide essen lieber Rührei, und Terry weiß dass natürlich.

„Wie läuft die Wohnungssuche?", frage ich Randall, der sein Müsli löffelt.

„Wir haben ein Haus gefunden."

„Ein Haus? Mondän der Herr." In einer theatralischen Geste berührt Terry die Stirn mit der Rückseite ihrer Hand.

„Du würdest dich wundern, was du außerhalb der Stadt bekommst. Für den gleichen Preis einer Miete im Zentrum", entgegnet Randall.

„Zur Miete?", frage ich.

„Wir sind noch nicht sicher. Überlegen, ob wir es sogar kaufen."

Ich stoße einen Pfiff aus. „Ein großer Schritt. Aber wenn ihr bereit dafür seid."

„Denke schon." Randall taucht den Löffel in die Schale. „Außerdem werde ich eh keine bessere finden als Gaby."

Terry hebt eine Braue. „Sind das romantische Gefühle oder eher verzweifelter Realismus?"

Randall grinst. „Wenn ich jetzt sage das Zweite, buht ihr mich doch aus!"

„Ich würde dir eher auf die Schulter klopfen", sagt Terry.

„Aufgepasst, Ladys." Mit der Pfanne in der Hand tritt Shaun zum Tisch, um daraus das Rührei auf die Teller zu schöpfen.

Ich bin froh, dass sich Hunger in meinem Bauch bemerkbar macht. Normalerweise bekomme ich morgens wenig bis gar nichts runter, und es würde mir heute leidtun, schließlich hat Shaun sich Mühe gemacht, mich mit Frühstück zu überraschen. Nicht nur, dass ich die gesamte Portion schaffe, ich ordere bei Shaun sogar noch einen Nachschlag, und nach Dusche und Ankleiden machen Terry und ich uns auf den Weg zum Café.

Angenehm, wie der Tag startete, verläuft er auch weiterhin, bis mir etwas ins Auge springt, dass mich erstarren lässt: Er ist wieder da!

Noch während ich überlege, was die beste Reaktion ist, hinzugehen, um ihn anzusprechen, Bruce oder Terry zu informieren, ist er bereits wieder verschwunden, so dass ich mit dem seltsamen Gefühl zurückbleibe, einer Täuschung meines Hirns zum Opfer gefallen zu sein.

„Du siehst aus, als hättest du einen Zombie gesehen", sagt Terry, als sie auf mich zukommt.

„So in etwa." Ich reibe mir die Augen, als könne ich dadurch das komische Gefühl vertreiben. „Matthew war eben auf der Straße vorm Café und hat uns beobachtet."

„Echt?" Terrys Augen verengen sich.

„Vielleicht habe ich mir das auch nur eingebildet? Er war so schnell wieder verschwunden, dass ich an dem zweifele, was ich gesehen habe."

„Ich aber nicht." Terry legt eine Hand in die Seite, und ihr Blick folgt meinem zur Fensterfront hinaus. „Er will etwas, das hier versteckt ist. Also muss er einen guten Moment abpassen."

„Glaubst du wirklich?"

„So ein Gefühl."

Ich schlucke trocken. Der Gedanke, dass Matthew ins Café einsteigt, ist beunruhigend.

„Andererseits, vielleicht ist er auf Bewährung." Terry nickt einer Dame zu, die per Fingerzeig einen Bestellwunsch äußert. „Da wird er schon keine krummen Touren versuchen."

Während ich einen anderen Tisch mit zwei Herren ansteuere, gehen mir nicht nur Terrys Worte durch den Kopf, sondern auch die Frage, wie das alles mit der seltsamen Partnerbörse zusammenhängt, die der Terminator in seiner Wohnung abhält. Von dem ihr auch immer noch nichts gehört habt, gibt meine innere Stimme weiterhin zu bedenken und liegt richtig. In den letzten Tagen hat sich vieles ereignet, und die Angelegenheit geriet aus dem Fokus.

Das Aufnehmen der Bestellung erfordert all meine Konzentration, denn das Feuer meines Nachdenkens lodert mittlerweile und droht meine gesamte Aufmerksamkeit zu verbrennen. Vor allem zu versuchen, die unterschiedlichen Aspekte, die wir erfahren haben, wie einzelne Pixel zu einem Bild zusammenzusetzen, das die Lösung zeigt, lenkt mich immer wieder ab.

Eine Mutter mit zwei Jungen im einstelligen Altersbereich betritt das Café. Weder Terry noch ich sind Kindermenschen. Nicht, dass wir mit denen nicht mal herumalbern oder uns mit ihnen beschäftigen, aber bislang wurden wir nicht wirklich mit den kleinen Menschen warm. Womöglich fehlt uns das „Mutter-Gen“. Die beiden braunhaarigen Energiebündel, die ich für Brüder halte, sorgen dafür, dass es selbst jemandem mit ausgeprägtem Mutterinstinkt schwerfällt, Ruhe zu bewahren, was ihre entnervte Mutter eindrucksvoll demonstriert.

„Rennt nicht herum und setzt euch dahin“, zischt sie, was ihren Nachwuchs herzlich wenig interessiert. Die Jungs haben sich nämlich überlegt, dass es ein großer Spaß ist, zwischen den Tischen und Stühlen fangen zu spielen. „Louis und Parker, sofort kommt ihr jetzt hierher!“, ruft ihre Mutter.

Anstatt dem Ruf zu folgen, beschleunigen Parker und Louis ihr Tempo, biegen um den nächsten Tisch, und dann tut es einen Schlag. Melody Gardot, die soeben „Somewhere over the rainbow“ aus den Lautsprechern zum Besten gibt, erscheint mit einem Mal sehr laut zu singen, da im Gastraum vollkommene Stille herrscht. Alle Augen sind auf die Jungen und Terry gerichtet, die den Lauf der beiden abrupt gebremst hat. Da sie in dem Augenblick ein voll beladenes Tablett mit Geschirr in den Händen hatte und dieses durch den Zusammenprall zu Boden ging, stehen die drei in einem Scherbenmeer.

„Jetzt seht nur, was ihr angerichtet habt.“ Die Mutter scheint den Tränen nahe, so dass ich meinen Ärger, den ich ihr und ihrer Brut eigentlich entgegenschleudern wollte, herunterschlucke. Stattdessen schenke ich ihr einen mitfühlenden Blick, den sie wohl anders deutet, denn sie kommt auf mich zu. „Natürlich komme ich für den Schaden auf. Es tut mir so leid." Sie wendet sich Terry zu. „Ihnen ist doch nichts passiert?"

„Ich lebe noch. Sie hoffentlich auch noch alle?" Terry sieht sich um. „Alle haben noch ihre Augen, Prothesen, Hosenknöpfe?"

Das einsetzende, zunächst zögerliche, dann weiter zunehmende Gelächter lässt die Anspannung abfließen. Nachdem ich Besen und Kehrblech geholt habe, entsorgen wir die Scherben, vergewissern uns dann der Unversehrtheit aller Gäste, inklusive Parker und Louis, die wie vom Donner gerührt und damit auf einmal still sind.

„Was ist das?", frage ich Terry, als ich beim Aufkehren etwas an den Bodenfliesen bemerke.

„Das gibt's doch nicht. Sieht aus, als wäre die eingedellt."

Ich gehe in die Hocke. „Eingedellt?" Eine seltsame Vorstellung bei einer Fliese, obwohl teilweise stimmt, was Terry sagt. Mit den Fingerspitzen fahre ich über die Kachel, um den optischen Eindruck per Tasten zu bestätigen. „Die Ecke ist tatsächlich abgesunken."

„Da hat jemand gepfuscht", ertönt es von der Seite.

Ich sehe auf und in das Gesicht eines mittelalten Herrn mit Brille, dem ich vorhin einen Schokoladenmuffin gebracht habe. Seine Begleitung, eine Dame, die ich für seine Frau halte, steht in etwas Abstand hinter ihm. Wie die eine Hand den Ellenbogen umklammert und sie dabei zu Boden starrt, lässt mich vermuten, dass ihr die Einmischung des Gatten unangenehm ist. Das Unwohlsein seiner Partnerin scheint dem Muffin-

Mann egal zu sein, denn schon ist er an die abgesunkene Ecke der Fliese getreten und macht sich daran zu schaffen. „Als wäre da ein Hohlraum drunter.“

Das reißt Frau Muffin-Mann endlich aus ihrer Schockstarre. „Miles“, zischt sie. „Jetzt lass es gut sein.“

Er sieht auf, um ihr einen Blick zuzuwerfen, als wäre sie diejenige, die nicht nachvollziehbar reagiere, und ich bin mir sicher, dass Situationen wie diese bei dem Paar an der Tagesordnung sind.

„Sir, Ihre Frau hat recht“, sage ich. „Wir möchten Sie bitten, sich wieder auf Ihren Platz zu setzen, damit wir weiter aufräumen können.“

„Aber das muss sich doch jemand anschauen“, erwidert der Muffin-Mann.

„Selbstverständlich. Aber eben unser Vermieter und ein entsprechender Handwerker.“ Es erfüllt mich mit Stolz, dass sich die Souveränität meiner Aussage nicht nur im Inhalt, sondern auch im Tonfall widerspiegelt, obwohl es in mir brodelt. Einerseits, da ich das Verhalten des Muffin-Manns unverschämt finde und Leute verabscheue, die sich ungefragt in fremde Angelegenheiten einmischen, andererseits habe ich eine Vermutung, auf was wir gestoßen sind, und möchte diese so schnell wie möglich bestätigt wissen.

Miles, alias der Muffin-Mann, wirft mir einen beleidigten Blick zu, bevor er sich erhebt. „Ich habe es dir doch gesagt. Immer musst du dich einmischen“, flüstert seine Frau ihm zu, jedoch laut genug, dass es die meisten Anwesenden verstehen können.

„Auf den Schreck können Sie sicherlich alle einen Kaffee vertragen“, wende ich mich an die Gäste. „Deshalb möchten meine Geschäftspartnerin und ich Ihnen allen einen auf unsere Kosten ausgeben."

Wie erhofft hebt das nicht nur die Stimmung, sondern sorgt ebenso dafür, dass der Vorfall bald in den Hintergrund rückt. Die Stelle im Boden versehe ich mit dem „Vorsicht! Frisch gewischt."-Aufsteller, um weitere Unfälle zu vermeiden. Louis' und Parkers Mom lässt sich nicht davon abhalten, mir einhundert Pfund in die Hand zu drücken und zudem ihre Adresse und Handynummer zu notieren. „Ich rufe gleich meine Haftpflichtversicherung an. Ich hoffe, die übernehmen das."

„Jetzt machen Sie sich nicht so viele Gedanken. Wir haben ebenfalls eine Versicherung. Lassen Sie mich erst mal mit der sprechen und unserem Vermieter." Ich berühre die Dame am Arm.

„Es ist mir so unangenehm."

„Ist nur Porzellan zu Bruch gegangen."

„Und der Boden." Sie wischt sich über die Stirn.

„Das ist Baupfusch", ertönt es von hinter uns.

Ich muss mich nicht umdrehen, um zu wissen, von wem das stammt, auch, da der Ausspruch sofort mit „Miles, es reicht jetzt!" kommentiert wird.

So ein Café hat etwas von einer Theaterbühne, denke ich und muss schmunzeln. „Mögt ihr Schokolade?", wende ich mich an Louis und Parker, die begeistert die Augen aufreißen und nicken. „Dann bekommt ihr von mir Schokomuffins, okay?" Ich sehe der Mutter an, dass sie dem widersprechen möchte, deshalb beeile ich mich, zur Kuchentheke zu gehen und zwei Muffins auf einen Teller zu platzieren, mit dem ich zurückkehre. „Aber eines müsst ihr mir versprechen." Ich sehe die

Jungs streng an, was die dazu bringt, ein wenig zurück-zuweichen. „Ihr müsst besser auf eure Mom hören. Die hat es nicht leicht und außerdem recht, dass ein Café kein Spielplatz ist."

Wieder nicken beide.

„Wenn ihr mir das versprecht und auch, dass ihr die im Sitzen esst, ohne herumzulaufen, könnt ihr die haben." Ich zwinkere beiden zu.

„Klar", sagt Parker als Erster und nimmt sich einen der Muffins. Er sieht seinen Bruder an und deutet zum Teller.

Louis setzt sich zögerlich in Bewegung. „Okay", murmelt er, bevor er sich den verbliebenen Muffin schnappt.

„Dankeschön", sagt ihre Mutter, die erneut das Portemonnaie aus der Hand zückt. „Was bin ich Ihnen für die schuldig?"

„Da wir den Jungs keinen Kaffee anbieten können, gehen die aufs Haus."

„Aber ..."

Ich hebe die Hand. „Setzen Sie sich und trinken in Ruhe einen Kaffee, während die zwei mit den Muffins beschäftigt sind."

Endlich zeigt sich das erleichterte Lächeln, und die Gesichtszüge der Frau entspannen sich. Mir gelingt es sogar, Miles, den Muffin-Mann zu versöhnen, indem ich mir dessen Nummer notiere und ihm zusage, mich zu melden, sollte es Schwierigkeiten mit der Bearbeitung des Bodendefekts geben. Im Grunde ist das doch lieb, sage ich mir und beschließe, seine Einmischung nicht als Geltungsbedürfnis, sondern Hilfsbereitschaft zu verbuchen. Obwohl mir klar ist, dass auch das nicht der Wahrheit entspricht.

Der Tag geht ohne weitere Zwischenfälle vorüber, und nachdem wir geschlossen haben, versammeln Terry und ich uns, ohne das abzusprechen, an der eingedrückten Fliese. „Die wird dabei bestimmt kaputtgehen", sage ich, als wäre das weitere Vorgehen bereits besprochen und abgemacht.

„Das Gute ist ja, dass wir sagen können, dass es beim Herunterfallen des Geschirrs passiert ist."

Ich erwidere Terrys Grinsen. „Stimmt auch wieder." Mein Blick schweift durch den Raum. „Was können wir verwenden?"

„Hmm." Terry reibt sich das Kinn. „Haben wir nicht Werkzeuge da?"

„Lass mich mal überlegen. Wann habe ich das zum letzten Mal verwendet?" Ich schlage mir mit der Hand an die Stirn. „Na klar. Als ich uns die Tortendekoriermaschine gebaut habe."

Terry lacht und boxt mir gegen die Schulter. „Freche Blödfrau, du!"

Lächelnd lege ich den Kopf schief. „Mal im Ernst. Lass uns in der Backstube und in meinem Büro nachschauen. Falls wir irgendetwas in der Art haben, dann dort, und alternativ finden wir ein Backwerkzeug, was wir möglicherweise zweckentfremden können."

Kaum zu glauben, aber unsere Suche fördert eine kleine Box mit Werkzeugen zu Tage, die womöglich vom Terminator stammt und dort entweder vergessen oder als wohlgemeinter Rat gesehen wurde, sich der auftretenden Probleme selbst anzunehmen.

„Damit sollte es gehen", sagt Terry, die einen großen Schraubenzieher aus der Kiste genommen hat.

Während ich dabei zusehe, wie sie sich damit an der Fliese zu schaffen macht, melden sich Zweifel, ob das tatsächlich eine gute Idee ist. Doch bevor ich das äußern kann, ertönt ein hohler Laut und kurz darauf ein Klirren, als die Fliese in der Tiefe verschwindet.

„Ups!", macht Terry und dann mit mir zusammen: „Aua!", als wir die Köpfe gegeneinander schlagen, um in das entstandene Loch zu starren. „Schau du zuerst." Terry deutet auf das Loch.

Als hätte ich Angst, mir würde etwas entgegenspringen, schiebe ich mein Gesicht über die Öffnung. „Kannst du mir mit der Taschenlampe deines Handys leuchten?"

„Moment."

Terry hält das Licht neben meinen Kopf. Jetzt kann ich zwar besser sehen, erkenne aber nichts, da es sich nur um einen Hohlraum unter dem Boden handelt. Ungefähr zwei handbreit tief. „Da ist nichts", sage ich enttäuscht. Dann habe ich eine Idee und taste den Hohlraum mit einer Hand ab. „Da geht es weiter", sage ich dann.

Kapitel 25

Es gibt diese Momente, in denen sich die Ereignisse überschlagen. Womöglich ist es eine Reaktion unseres Gehirns, die dann in Einzelbilder zu zerlegen, die wie in Zeitlupe ablaufen. Die Geräusche, besonders die unerwarteten, schneiden mit scharfer Klinge in diesen Eindruck ein.

Im Augenblick, als ich mit beiden Händen in das Loch im Boden, oder vielmehr die Vertiefung, die sich seitlich daran anschließt und unter die noch intakten Fliesen daneben reicht, greife, ist es das Klirren von Glas, das mich herumfahren lässt. Dabei verrenke ich mir nicht nur schmerzhaft den Nacken, ich gerate auch in Ungleichgewicht, so dass ich, die Arme noch in der Öffnung, seitlich hinfalle und zuerst mit der Schulter, dann der Schläfe auf den Boden aufschlage.

So bleibe ich einige Sekunden liegen, während ich Terrys Gesicht und ihre Mimik betrachte. Was ihre Reaktion, zunächst überraschtes Aufreißen der Augen, dann Zurückschrecken, verursacht, kann ich aus meiner Position nicht ausmachen. Ich höre etwas, kein Geräusch, sondern eine Stimme, die nicht laut ist und dennoch schneidend, was am Befehlston liegt. Die Worte aber dringen nicht zu mir durch. In einer Wolke der Fassungslosigkeit gefangen, finde ich nicht zu mir und in diese Situation hier.

Erst, als Terry mich an der Schulter fasst, schüttelt und dabei meinen Namen sagt, gelingt es mir, durch den Nebel zurück in mein Bewusstsein zu krabbeln. „Was ist passiert?", frage ich, mittlerweile halbwegs aufrecht sitzend. Anstatt meine Frage zu beantworten, deutet Terry hinter mich. Dem Fingerzeig folgend, will ich den Kopf drehen, wobei der gesamte Oberkörper der Bewegung folgt. Mein Nacken ruft sich nämlich sogleich schmerzend in Erinnerung, als ich anfänglich versuche, nur mein Gesicht dem Geschehen zuzuwenden.

Ein Überfall!, ist der erste Gedanke, der in meinen Schädel springt, um dort zu explodieren. Das darauffolgende Zurückzucken und dadurch getriggerte weitere Nackenschmerzen, wirken seltsamerweise klärend oder lassen den Verstand anspringen: Das ist Matthew, und er hält eine Pistole in der Hand.

Natürlich drängt sich die Frage, ob mich das nicht ebenso beunruhigen sollte, auf. Jedoch scheint ein bekannter Fremder mir lieber zu sein als eine vollkommen fremde Person. Um ehrlich zu sein, Matthew betrachte ich als Bekannten, schließlich standen die letzten Tage im Zeichen seiner Geschichte.

„Dachte ich mir doch, dass ihr euch in Sachen einmischt, die euch nichts angehen", speit Matthew aus. Wie er anschließend die Nase rümpft, die Oberlippe zurückzieht und die Wut, die aus seinen Augen sprüht, bringt die Ruhe in mir ins Wanken. Mit einem „einfachen" Einbrecher hätten wir es höchstwahrscheinlich leichter als einem Bankräuber und seiner Beute, die wir entdeckt haben. Dessen bin ich mir nämlich sicher, habe ich doch unter dem Boden etwas ertastet. Einen metallischen Gegenstand, womöglich eine Geldkassette oder einen Koffer?

„Wenn ihr mir keinen Ärger macht, bin ich gleich schon wieder weg." Er kommt auf uns zu, bleibt dann, eine Armeslänge entfernt, stehen. „Du!" Mit dem Lauf der Waffe deutet er auf mich, was mein Herz dazu veranlasst, noch lauter in den Ohren zu pochen. „Hol es raus."

„Was?", stammele ich.

„Bist wohl 'ne Komikerin, was? Den Koffer sollst du aus dem Loch holen!"

Ich nicke, obwohl die Information auf der Schutzhülle liegen bleibt, die der Schock um mich gelegt hat. Ebenso gut hätte Matthew darum bitten können, mit ihm Charleston zu tanzen.

Terry, wieder mal gefasster als ich, hat sich unterdessen bereits in das Loch gebeugt und fördert tatsächlich einen silbernen Metallkoffer zu Tage, der eingestaubt ist.

„Gutes Mädchen." Matthew streckt den Arm in Terrys Richtung aus, während er die Finger in schneller Folge anwinkelt und beugt, um ihr zu bedeuten, ihm den Koffer zu geben.

Den Bruchteil einer Sekunde habe ich vor dem geistigen Auge, wie Terry ausholt, um Matthew das Gepäckstück mit voller Wucht in die Seite zu rammen. Höre den Schuss, der sich daraufhin löst, und im nächsten Augenblick Terrys Wimmern, als die getroffen zusammenbricht.

Dann kehre ich in die Wirklichkeit zurück, in der Terry Matthew den Koffer übergibt, woraufhin der, eiligen Schrittes, verschwindet. „Was?" Mehr bekomme ich nicht raus. Obwohl ich immer noch sitze, pumpt mein Herz das Blut durch die Adern, als hätte ich soeben einen Sprint zurückgelegt.

„Das gibt's doch nicht!", ruft Terry in Richtung Tür, und auf eine seltsame Art beruhigt mich, dass sie nicht weniger geschockt ist, sich nur besser zum Funktionieren zwingen konnte, was im entscheidenden Moment von großer Bedeutung ist. Wer weiß, zu was Matthew fähig ist?

„Wie ist er überhaupt hier rein gekommen?", frage ich.

„Schau dir mal die Tür an." Terry geht zur Eingangstür, die ich nicht sehen muss, um die Antwort zu kennen. Jeder ihrer Schritte knirscht, und ich rufe mir das Klirren ins Gedächtnis.

„Er hat wirklich die Scheibe eingeschlagen? Und keiner kommt, um nachzusehen?" Schwierig zu sagen, welche der Fragen für mich schwerer wiegt.

„Womöglich hat es wirklich niemand gehört."

„Nichts anfassen. Ich rufe Bruce an." Mit diesen Worten ziehe ich das Handy aus der Hosentasche.

Bruce nimmt das Gespräch bereits nach dem ersten Klingeln entgegen. „Was ist los?"

Ich schlucke. Langsam weicht der Schock, und die Dimension dessen, was eben passiert ist, wird mir klar und was hätte passieren können.

„Linn?" Bruce' Stimme klingt alarmiert, und ich bin erstaunt und gerührt zugleich, dass er sofort weiß, dass etwas nicht stimmt.

„Bitte komm schnell ins Café", bringe ich heraus, dann breche ich in Tränen aus und kann nur noch schluchzen. Terry kommt zu mir und schließt mich in die Arme. Sie wimmert nicht weniger als ich, und so heulen wir uns an der Schulter der anderen aus.

„Was ist euch denn passiert?"

Wir lösen uns voneinander, um aufzusehen, und erblicken einen irritiert dreinblickenden Bruce, der inmitten des Scherbenmeeres steht.

„Matthew Williams." Ich schlucke. „Er war plötzlich da und hat das Geld mitgenommen."

„Welches Geld?" Bruce kommt auf mich zu, geht in die Hocke und schließt die Arme um mich. „Das wichtigste zuerst – geht es dir gut?" Er löst die Umarmung, um Terry anzusehen. „Und dir?"

„War ein ziemlicher Schock. Erst die Entdeckung des Verstecks und dann der Kerl mit der Pistole." Terry stößt Luft aus.

„Okay. Lasst uns mal richtig hinsetzen, und ihr erzählt mir alles von Anfang an." Bruce deutet auf einen der Tische, der in einem scherbenfreien Bereich steht. „Oder braucht ihr erst einen Schnaps?"

Ich versuche mich an einem Lächeln. „Nein. Am besten erzählen wir dir zügig alles. Sonst ist der Kerl über alle Berge."

„Darum mach dir mal keine Sorgen. Wichtiger ist, dass es euch gut geht", sagt Bruce.

Wir setzen uns und erzählen Bruce vom Sturz des Geschirrtabletts und was es offenbarte und natürlich vom aufregenden Finale. Bruce hört sich in Ruhe alles an, wirft nur hin und wieder einen Blick zur Tür und den Scherben sowie dem Loch im Boden.

„Ich schau mir das mal an", sagt er, als wir mit unseren Schilderungen durch sind. Nachdem er vom Stuhl aufgestanden ist, tritt er an die Öffnung im Boden heran, um daneben in die Hocke zu gehen. „Das hat jemand vorbereitet." Eine Hand streckt er in die Tiefe, zieht sie wieder zurück, um sich am Hinterkopf zu kratzen. „Wir haben Matthew wohl unterschätzt. Da steckt Planung dahinter."

„Warum haben wir das nicht vorher bemerkt?", frage ich.

„Warum ist es vor allem nicht bei der Renovierung aufgefallen?" Terry runzelt die Stirn.

„Sieht aus, als hätte er ein Loch in den Estrich geschlagen und es anschließend mit einer Spanplatte wieder verschlossen, über die er dann neuen Estrich goss. Der Aufprall des Tabletts mit dem Geschirr an dieser Stelle hat dann das Holz einbrechen lassen." Bruce betrachtet den Bereich eingehender. „Interessant. Sieht so aus, als habe er die Spanplatte mit Estrich und Fliesen versehen und sie dann eingesetzt, nachdem er den Koffer verstaut hatte." Mit den Fingern fährt er die Fliesenfuge ab. „Dann musste er anschließend nur neu verfugen, und man sah dem Boden nichts an." Er nickt anerkennend. „Gute Arbeit. Wirklich gute Arbeit."

„Ich möchte deine Begeisterung für Matthew als Fliesenleger nicht mindern, aber solltest du nicht nach ihm fahnden oder so?" Es gelingt mir nicht, den scharfen Unterton aus der Frage herauszuhalten, denn ich fühle mich wie im falschen Film.

„Sorry." Bruce zieht sein Handy aus der Gesäßtasche seiner Jeans. „Das hat mich jetzt mehr gefangen genommen als beabsichtigt. Ich kümmere mich um alles." Er ruft im Revier an und bestellt weitere Beamte in unser Café, damit der Fall aufgenommen werden kann, und veranlasst die Fahndung nach Matthew. „Gut, dass wir das Phantombild mit deiner Hilfe erstellt haben."

„Und, wie geht es jetzt weiter?" Mir ist erneut heulelend zumute, denn je weiter der Schrecken ablässt, desto mehr wird mir die Beschädigung bewusst und dass er neue Aufgaben bedeutet.

„Den Schaden musst du eurer Hausratversicherung melden. Ihr bekommt dann unser Protokoll. Außerdem müsst ihr dem Vermieter Bescheid geben", antwortet Bruce.

„Womit wir beim Anfang wären. Du erinnerst dich, dass der nicht auffindbar war, was unter anderem zu den Nachforschungen geführt hat?" Mit dem Schuh schiebe ich einige Scherben zusammen.

„Stimmt. Das habe ich etwas aus den Augen verloren." Bruce tippt sich mit dem Finger ans Kinn.

„Das muss doch miteinander zusammenhängen." Terry hat begonnen, die Stühle aus dem Scherbenbereich zu tragen, und bleibt jetzt stehen. „Matthew hatte Kontakt mit dem Terminator, und Matthew versteckt die Beute aus dem Bankraub in einem Gebäude, das dem Terminator gehört."

„Terminator?", fragt Bruce.

„Unser Spitznamen für den Vermieter James Norwood", erkläre ich, bevor ich Terry helfen will, einen Tisch zur Seite zu tragen.

„Lasst euch doch helfen", sagt Bruce und fasst ebenfalls nach der Tischplatte.

„Dann gehe ich mal den Besen holen?"

Ich werfe Bruce auf Terrys Frage hin einen Blick zu.

Der schüttelt den Kopf. „Lasst die Kollegen zunächst alles aufnehmen, bevor ihr aufräumt."

Terry zuckt mit den Schultern und schiebt die Unterlippe vor. Vermutlich verspürt sie denselben Drang wie ich: Die Spuren dieses Schreckmoments wegzuräumen.

„Terry hat recht. Es muss einen Zusammenhang geben." Mit dem Handrücken wische ich mir Schweiß von der Stirn. „Mein Bauch sagt mir, dass diese seltsame Partnervermittlung auch damit zu tun hat."

Bruce sieht mich fragend an.

„Ich habe dir doch erzählt, dass in Norwoods Wohnungen Treffen stattfanden, um philippinische Frauen mit Engländern zu verheiraten?"

„Hast du. Aber ich sehe da keinen Zusammenhang."

„Habe ich dir auch erzählt, Jasmine, die Dame, die diesen Podcast hat, vermutet, dass eine Organisation dahinter steckt?"

„Das ebenfalls." Bruce reibt sich das Kinn. „Organisation im Sinne von Firma oder organisiertes Verbrechen?"

„Letzteres."

„Also ein Menschenhändlerring." Bruce verschränkt die Arme vor der Brust. „Selbst, wenn das stimmt. Wie passt da der Bankraub rein?"

„Jasmine vermutet, dass er fliehen wollte."

„Möglich ist vieles, belegt weniger." Bruce zückt das Handy. „Eigentlich könnte ich schon ein paar Fotos schießen, bis die Kollegen eintreffen."

„Leg mir keine Handschellen an, weil ich das sage, aber du wirkst etwas unorganisiert." Terry klimpert mit den Wimpern.

„Ist was anderes, wenn ein geliebter Mensch in Gefahr ist."

Dieser Satz vertreibt auch die letzte Anspannung aus meiner Magengegend, und der liebevolle Blick, den Bruce mir dabei schenkt, flutet mich mit wohliger Wärme.

Kurze Zeit später treffen die angeforderten Beamten ein, die alles protokollieren. In Ermangelung einer Alternative verkleben wir die defekte Tür mit Müllbeuteln, und Bruce weist die Polizisten an, in der Nacht immer mal wieder nach dem Rechten zu sehen. Es ist schon von Vorteil, mit einem Detective Chief Inspector zusammen zu sein.

Bruce' Vorschlag, dass ich bei ihm übernachte, lehne ich allerdings ab. Bei allem, was passiert ist, möchte ich Terry nicht alleine lassen, und so verabreden wir, am nächsten Tag miteinander zu telefonieren.

Kapitel 26

„Er ist was?" Obwohl das, was ich gerade von Bruce gehört habe, am Morgen nach dem Überfall, meine Ahnung bestätigt, zieht es mir den Boden unter den Füßen weg, und ich bin froh, bereits am Küchentisch zu sitzen. Terry hebt eine Braue und sieht mich fragend an. Ich hebe den Finger, um ihr zu bedeuten, dass ich ihr nach dem Gespräch alles erzähle. „Und Matthew?", frage ich.

„Bislang noch keine Spur von ihm. Wir überwachen die Flughäfen und Bahnhöfe, aber womöglich ist er uns bereits durch die Finger geschlüpft." Bruce seufzt.

„Oder, er ist noch irgendwo hier."

„Ebenfalls möglich. Hast du schon eure Versicherung erreicht?"

„War heute Morgen gleich mein erster Anruf."

„Sehr gut. Ich habe mir erlaubt, einen Glaser anzurufen, den ich über einen Fall kennengelernt habe. Er hat sich bei einem anderen Einbruch um den Schaden gekümmert und machte einen guten Eindruck. Hoffe, es war in Ordnung, dass ich ihm gesagt habe, er soll heute noch bei euch vorbeikommen, um zumindest eine Übergangslösung für die Tür zu finden?"

„Klar. Total lieb von dir."

„Ich schicke dir seine Nummer per Message, dann kannst du mit ihm einen Termin abstimmen. Außerdem würde ich später bei euch im Café vorbeikommen und dir das Protokoll für die Versicherung vorbeibringen?"

„Okay." Fast rutscht mir das L-Wort heraus, aber jetzt am Telefon ist sicherlich nicht das beste zweite Mal dafür. „Danke. Wir sind dir total dankbar, ich bin dir dankbar."

„Habe nur meinen Job erledigt und bin, wie gesagt, froh, dass es euch gut geht. Dass es dir gut geht."

„Ich freue mich, dich später zu sehen."

„Geht mir genauso."

Wir verabschieden uns voneinander.

„Was ist passiert?", fragt Terry.

„Er ist tot." Ich schlucke. „Norwood. Der Terminator. Heute Morgen hat ein Ausflugsboot eine in der Themse treibende Leiche entdeckt. Es war Norwood. Mit einer Schusswunde im Kopf."

„Ach du Scheiße! Meinst du, das war Matthew?"

„Keine Ahnung. Bruce ermittelt natürlich auch in die Richtung."

„Und seine Frau?" Terry reibt sich die Stirn. „Die Philippinin?"

„Pamela. Stimmt. An die habe ich gar nicht gedacht."

„Also Matthew killt den Terminator, schmeißt die Leiche in die Themse und holt dann seine Beute und taucht unter."

„Die Verbindung zwischen den beiden ist diese Organisation. Irgendwas ‚for Philippine Women'."

„Association." Terry schnippt mit den Fingern. „Angenommen, das ist ihr Geschäft. Sie verheiraten philippinische Frauen und kassieren dafür Kohle, warum dann der Bankraub?"

„Schulden? Womöglich bei irgendeinem Gangster?“ Ich stehe auf, um den Wasserkocher für einen weiteren Tee zu befüllen. Zwar sollte ich den Glaser anrufen, den Bruce mir empfohlen hat, aber beim Gedanken, die Wohnung zu verlassen, legt sich eine bleierne Schwere auf mich.

„Halt mich für verrückt.“ Terry spielt mit ihrem Nasenpiercing. „Aber ich habe an eine Flucht gedacht.“

Mir fällt mein seltsamer Traum ein, in dem ich mit Matthew durch die Straßen Londons floh, was mich an das Videospiel Pac-Man erinnerte. „Den Gedanken finde ich nicht abwegig.“ Eine weitere Erinnerung schießt mir ins Hirn. „Weißt du noch, als Abbey hier war?“ Ich warte Terrys Nicken ab. „Sie hat erzählt, dass es zunehmend Männer gibt, die von Gewalt durch ihre Frauen berichten. Wahrscheinlich hältst du mich jetzt für bescheuert. Aber, als du gerade von Flucht gesprochen hast, fiel mir das spontan wieder ein.“

Es klickt, als sich der Wasserkocher abschaltet, aber ich bleibe sitzen. Fast haben wir diese Informationen so zusammengefügt, dass sie uns eine neue Richtung weisen.

„Aber Matthew hatte keine Frau, oder? Zumindest kann ich mich nicht daran erinnern?“, fragt Terry.

„Ich auch nicht.“ Das Schiffchen, auf dem die Lösung liegt und das in den letzten Sekunden auf die Uferstelle zuschipperte, an der ich stehe, droht erneut fortzutreiben. „Frauen, die Gewalt gegen ihre Männer ausüben oder sie ansonsten misshandeln, was wollen die?“

„Kontrolle würde ich sagen“, entgegnet Terry.

„Genau. Das heißt, sie sind diejenigen, die die Zügel in der Hand halten“, denke ich laut und ernte seitens Terrys nur einen verständnislosen Blick. Dieses Mal schnippe ich die Finger, als ich endlich den Einfall erhasche, nach dem ich mich bereits ausgestreckt habe. „Was, wenn wir völlig falsch liegen?“

„Öh?“ Terry macht ein Gesicht, als würde sie ein saures Bonbon lutschen.

„Die ganze Zeit sind wir davon ausgegangen, dass die Männer diejenigen sind, die die Frauen zu etwas zwingen. Die am Steuer sitzen. Was aber, wenn es stattdessen die Frauen sind?“

Terrys Augen weiten sich. „Jetzt verstehe ich, worauf du hinaus willst. Hört sich im ersten Augenblick weit hergeholt an.“

„Ist mir bewusst, aber denk das mal weiter und an deine Idee, dass Matthew fliehen wollte.“

Terry wiegt den Kopf. „Hmm. Vielleicht.“

„Ich versuche zuerst, diesen Glaser zu erreichen.“

„Glaser?“ Terry runzelt die Stirn.

„Hat Bruce mir genannt, damit etwas mit unserer Tür passiert.“

„Guter Plan.“

„Kannst du in der Zwischenzeit Jasmine anrufen und ihr sagen, dass wir Neuigkeiten haben, damit wir an weitere Informationen von ihr kommen?“

„Willst du ihr etwa vom Mord am Terminator erzählen?“

Energisch schüttele ich den Kopf. „Müssen wir auch nicht. Wir können ja die Sache mit den Frauen aufs Tapet bringen und sehen, was sie sagt.“

Glücklicherweise erreiche ich den Glaser gleich beim ersten Versuch, und der ist sogar bereit, sich in einer halben Stunde mit uns im Café zu treffen. Das Telefonat habe ich in meinem Zimmer geführt, damit Terry Ruhe für ihres mit Jasmine hat.

„Wir können uns heute Abend mit ihr treffen", sagt Terry, als ich in die Küche zurückkehre.

„Sehr gut. Und der Glaser ist in einer halben Stunde im Café."

„Läuft ja wie am Schnürchen bei uns."

Wir machen uns auf den Weg zum Café. Bereits aus der Entfernung springt mir die Tür, die durch das provisorische Flicken mit Müllbeuteln blau ist, ins Auge und spült zudem die Erinnerung an den gestrigen Überfall nach oben.

„Ich bin froh, wenn die Tür repariert ist", sagt Terry. Ihrem Gesichtsausdruck entnehme ich, dass auch sie in Gedanken bei den gestrigen Ereignissen ist.

„Hoffentlich kann er das zeitnah machen." Wir lösen das blaue Plastik an einer Seite, um daran vorbei ins Café zu gelangen. „Zumindest habe ich mit ihm vereinbart, dass er eine Tür einsetzt, die wir abschließen können."

Terry geht zur Theke rüber. „Kaffeemaschine ist noch da."

„Die trägt man auch nicht mal eben auf der Schulter hier raus", sage ich, bin aber dennoch erleichtert, dass das wertvollste Einrichtungsstück des Cafés noch da ist. „Sollen wir heute überhaupt öffnen?"

Terry geht zur Türöffnung und reißt die Müllbeutelverkleidung runter. „Die muss ja ohnehin weg, wenn der Glaser kommt. Und temperaturmäßig ist es heute angenehm. Insofern."

„Ich habe eine Idee", sage ich und sehe zur Uhr. „Hältst du hier die Stellung und sagst mir Bescheid, wenn der Glaser kommt?"

Terry winkt ab. „Das kann ich doch übernehmen, solange du zu tun hast."

„Brauche auch nicht lange." Mit diesen Worten verschwinde ich in der Backstube.

Meine Idee ist einfach, wie ich aber finde, witzig, und ich hoffe, der gestrigen schlimmen Geschichte damit etwas Positives abgewinnen zu können. Nachdem ich vor mich hingewerkelt habe, betrachte ich das Ergebnis, halte es für gelungen und kehre damit in den Gastraum zurück.

Terry und ein Herr, den ich auf Anfang fünfzig schätze, attraktiv, mit blondem Haar, strahlendem Lächeln und einem Oberkörper, der das Arbeitspolohemd auf ansprechende Weise spannt, befinden sich in angeregtem Gespräch. Sogleich ist mir klar, dass Terry sich im Flirtmodus befindet.

Ich begrüße den Glaser, Mr Wisner, per Handschlag, um mich dann an Terry zu wenden. „Ich denke, du hast das hier gut im Griff?" Ich zwinkere ihr zu.

Selten habe ich Terry bislang verlegen erlebt und bin daher umso überraschter, als sie den Blick niederschlägt, sogar ein wenig errötet.

„Alles gut. Ich habe anderes zu tun und lass euch das regeln." Mit dem Ellenbogen stupse ich ihr in die Seite und gehe zum Tresen, um mir das Schauspiel aus der Entfernung anzuschauen. Dass Terry ein Faible für reifere Herren hat, wusste ich nicht, muss aber zugeben, dass Mr Wisner tatsächlich zum Anbeißen ist, was nicht nur an seiner Optik liegt. Er weiß sich auszudrücken, ist charmant, und spätestens, wenn er lächelt, dabei den Kopf ein wenig schief legt und seine Augen strahlen, bin auch ich kurz davor, das weiße Fähnchen zu schwenken.

Über den Punkt ist Terry hinaus. Anfangs tut sie zumindest noch so, als würde sie arbeiten, während sie mit ihm spricht, inzwischen ist sie dazu übergegangen, Mr Wisner anzuglotzen, als wäre der vom Olymp hinabgestiegen, um sich im nächsten Augenblick in einen Schwan zu verwandeln. Die Szene ist nicht nur schön anzusehen, ich freue mich auch für Terry und ihre Begeisterung, wobei mir einfällt, dass ich nicht weiß und mich auch nicht mehr erkundigt habe, wie der Stand mit Philipp ist. Miese Freundin!, schimpfe ich mich und nehme mir fest vor, das demnächst zu erfragen.

Mr Wisner verlässt das Café, um Werkzeug zu holen, und Terry kommt zu mir rüber. „Da sprühen ja die Funken", sage ich mit einem Grinsen. Terrys Lächeln und das erneute Niederschlagen der Augen, lassen mich sie kurz an mich drücken. „Ich finde das total süß. Sorry."

„Keine Ahnung, was mit mir los ist." Terry schüttelt den Kopf. „Ich hätte auch nicht geglaubt, dass ein Mann, der deutlich älter ist, mich so begeistert."

„Eine kluge Frau riet mir mal, den Dingen einfach ihren Lauf zu lassen."

„Die fühlt sich gerade alles andere als klug an." Terry wirft einen Blick über die Schulter, um zu checken, ob der heiße Glaser schon zurück ist. „Keine Ahnung. Außerdem weiß ich nicht, ob er überhaupt frei ist."

„Bist du es denn? Was ist mit Philipp? Sorry." Ich berühre Terry am Arm. „Bescheuerter Moment, dich danach zu fragen, auch, wenn es längst überfällig ist."

Terry zuckt mit den Schultern. „Ich würde behaupten, dass wir beide wissen, dass es im Grunde vorbei ist, sich bisher aber noch keiner traut, das anzusprechen."

„Ein bisschen Flirten schadet definitiv nicht", sage ich und deute anschließend mit dem Kopf in Richtung Tür, als ich sehe, dass Mr Wisner wieder da ist. Habe ich durch meine Äußerung Terrys Enthusiasmus gebremst? Ich erinnere mich an unser schwieriges Gespräch vor einigen Wochen, in dem ich Terry darum bat, mir nicht ungefragt ihren Rat aufs Auge zu drücken. Verhaltensweisen, die man von anderen erwartet oder denen zumindest empfiehlt, selbst nicht zu beherzigen, ist wie Erdbeerjoghurt ohne Erdbeeren. Er hinterlässt allenfalls einen faden Nachgeschmack.

Behalt deine Ratschläge beim nächsten Mal für dich!, befehle ich mir und helfe Terry, die dabei ist, den Gastraum vorzubereiten. Vor der Fensterfront hat sich bereits ein Grüppchen versammelt, das interessiert Mr Wisner bei seiner Arbeit zusieht.

„Soll ich die Leute reinlassen?", fragt der Glaser. „Ich muss nochmal an mein Auto und die Tür oder vielmehr die Spanplatten holen. Wenn ich sägen muss, kann es dann aber laut werden."

„Es muss ja gemacht werden", wende ich mich an Mr Wisner, um dann an die Türöffnung zu treten. „Schön, dass Sie da sind. Wie Sie sehen können, gab es gestern einen", ich zögere, „Vorfall mit Scherben. Wenn es Ihnen nichts ausmacht, dass gearbeitet wird, können Sie hereinkommen."

„Was ist denn passiert?", fragt eine ältere Dame, die aussieht, als habe ihre riesenhafte Brille sie in die gedrungene Gestalt gezwungen.

„Wohl ein Einbruch", sage ich, womit ich die Wahrheit nur ein wenig verzerre. Eine innere Stimme sagt mir, nicht das Wort „Überfall" zu nutzen, was deutlich dramatischer wäre und sicherlich mehr Nachfragen auslösen würde.

„Das ist ja was", sagt die Dame.

„Wer bricht denn in ein Café ein?", fragt eine Frau mittleren Alters mit braunem Kurzhaarschnitt und auffälligem Make-up.

„Ein Koffein- oder Zuckersüchtiger?" Ich grinse und registriere dankbar, dass meine flapsige Bemerkung den gewünschten Effekt hat, und die Leute lachend oder zumindest lächelnd und ohne weitere Fragen ins Café strömen.

Kapitel 27

„Filipino Witches?" Ich reibe mir die Augen. „Das klingt-"

„... wie aus einer Serie?", fragt Jasmine. „Habe ich anfangs auch gedacht. Aber ich habe mit jemandem gesprochen."

„Mit wem? Einer Hexe?" Terry verzieht die Mundwinkel zu einem spöttischen Grinsen.

„Lustig ist das nicht", sagt Jasmine in barschem Tonfall. „Ich musste ihr versprechen, die Identität geheim zu halten. Sie hatte unglaubliche Angst."

„Eine philippinische Frau?", frage ich. Wir sitzen in Jasmines Wohnzimmer, und nachdem wir vom Überfall durch Matthew berichteten, haben wir uns dafür qualifiziert, mehr von Miss Trustworthy zu erfahren. Gut, dass Terry recht behalten hat, und wir tatsächlich keine der Informationen preisgeben mussten, die wir von Bruce haben, wie den Tod des Terminators. Um ehrlich zu sein, womöglich hätte ich mich doch verplappert, in der Hoffnung, etwas von Jasmine zu erfahren.

Die nickt. „Filipino Witches ist quasi ein Oberbegriff für Hexen, die schwarze Magie ausüben. Es gibt verschiedene Gruppierungen, aber letztendlich geht es häufig darum, Personen, aber auch anderen Lebewesen Schaden zuzufügen, durch Flüche und so etwas."

„Jetzt sag bitte nicht, dass Matthew von so einer Hexe verflucht wurde." Immer noch umspielt das spöttische Grinsen Terrys Mundwinkel.

„Das sage ich nicht und auch nicht, dass es schwarze Magie gibt. Was ich aber weiß, ist, dass Glaube Berge versetzen kann und gewisse Hexen und ihre Zirkel auf den Philippinen großes Ansehen genießen." Sie blättert in dem Notizbuch, das auf dem Tisch vor ihr liegt. „Meine Quelle kommt aus einem kleinen Dorf, das fest in der Hand eines Hexenzirkels ist." Sie schlägt eine andere Seite auf. „Die Geschichten, die sie erzählt, sind nichts für schwache Nerven. Die Rituale werden durchgeführt, um böse Geister wie den Matruculan abzuwehren. Einen Geist, der eine werdende Mutter heimsucht, um den Fetus zu fressen und andere seltsame Gestalten. Oft Wesen, die verschiedene tierische Anteile, manchmal vermischt mit menschlichen, in sich vereinen."

„Und dieser Kult oder Zirkel hat sich hier in London ausgebreitet?" Ich runzele die Stirn.

„Sagt meine Quelle. Auch dass die britischen Männer, die hier die Association for Philippine Women gegründet haben, mit dem Zirkel in Kontakt standen und stehen."

„Aber zu welchem Zweck?", fragt Terry. Scheinbar bereit, ihre Skepsis zurückzustellen.

„Ich vermute, dass die Magiegeschichte nur das Mittel zum Zweck ist. Wie gesagt, Glaube versetzt Berge, und mit Angst lassen sich Menschen wunderbar steuern", entgegnet Jasmine. „Und dass das eigentliche Ziel ist, hier in London Fuß zu fassen."

Ich denke an eines der letzten Gespräche mit Bruce. „Du meinst organisiertes Verbrechen?“

„Nicht in der Dimension einer Mafia, aber zumindest so weit, dass es den Ladys gelungen ist, hier eine funktionierende Infrastruktur aufzubauen. Meine Quelle sprach von Drogengeschäften, Prostitution, das leider übliche Geschäftsfeld solcher Gruppierungen.“ Jasmine nimmt einen Schluck aus ihrem Wasserglas.

„Und es sind ausschließlich Frauen?“, frage ich.

„Das nicht, aber zumindest ist die Führungsriege weiblich.“ Jasmine klappt ihren Laptop auf. „Ihr erinnert euch noch an den Zeitungsartikel?“ Ihr Finger fährt über das Trackpad und klickt, woraufhin sie den Bildschirm so dreht, dass wir gemeinsam darauf schauen können. „Diese Lady. Die mit eurem Vermieter verheiratet ist.“

„Pamela?“, fragt Terry.

„Exakt. Sie ist die Anführerin. Hat nach und nach Familienangehörige ins Land geholt, die sie unterstützen. Unter anderem ihren jüngeren Bruder, der laut meiner Quelle gewaltbereit ist und die meiste Drecksarbeit übernimmt.“

„Selbst, wenn der ein richtiger Knochenbrecher ist, kommt sie mit einem Kerl doch nicht weit.“ Terry spielt an ihrem Nasenpiercing.

„Oh, er ist nicht der Einzige.“ Jasmine stößt einen Laut aus, der irgendwo zwischen Schnauben und Lachen liegt. „Er führt die Knochenbrechergruppe, um bei deiner Bezeichnung zu bleiben, nur an.“

„Dann hat Pamela den Terminator“, ich räuspere mich, „Norwood benutzt und nicht umgekehrt.“

„Meine Quelle kannte die Hintergründe nicht genau. Aber Pamela hat dafür gesorgt, dass wichtige Hexen", Jasmine hält kurz inne, nickt dann, „ja, ich denke, die Bezeichnung kann ich in dem Zusammenhang benutzen, mit englischen Männern verheiratet wurden."

„Um Pamela hier zu unterstützen." Das hört sich immer noch seltsam an, jedoch muss ich zugeben, dass sich nach und nach ein Gesamtbild ergibt.

„Es handelt sich außerdem nicht um mittellose Männer. Jeder von ihnen verfügt über beruflichen Einfluss und auch das nötige Kleingeld." Jasmine reibt die Fingerspitzen ihrer rechten Hand am Daumen, als würde sie Geldscheine dazwischen halten.

„Wie passt die Geschichte von Matthew da rein?", fragt Terry.

Jasmine klappt den Laptop zu. „Meine Quelle hat gesagt, dass er verschiedene Aufgaben für die Organisation erledigt hat. So eine Art Mädchen für alles."

„Deine Quelle." Ich setze mich aufrecht. „Was hatte sie für eine Aufgabe? Ich vermute mal, dass sie nicht zur Führungsriege gehört?"

„Nein. Sie wurde als Prostituierte hierhergeholt. Eine schlimme Geschichte. Ich versuche mal, das zusammenzufassen. Die Angst vor diesem Matruculan, also dem Geist, der die ungeborenen Kinder frisst, von dem ich eben erzählt habe, ist tatsächlich sehr ausgeprägt. Deshalb hat sie eine Hexe des Zirkels in ihrem Heimatdorf auf den Philippinen aufgesucht, als sie schwanger war. Die hat ihr auch zugesagt, sie zu beschützen, doch nach der Geburt hat sie ihr Angst gemacht. Dass sie aus dem Dorf weg müsse einerseits, und andererseits nur

Pamela, als mächtigste Hexe hier in London, dafür sorgen könne, ihren Sohn dauerhaft zu beschützen, da der Geist es immer noch auf ihn abgesehen habe." Jasmine schluckt. Ihr ist anzusehen, wie sehr sie die Geschichte mitnimmt, die sicherlich nochmals eindrücklicher ist, wird sie einem von der betroffenen Frau geschildert. „Als sie dann hier war, wurde sie von ihrem Sohn getrennt. Sieht ihn nur stundenweise am Tag. Offiziell zu dessen Schutz. Aber in Wahrheit nutzen sie ihn als zusätzliches Druckmittel. Und das bei vielen weiteren Ladys."

„Ich hätte niemals geglaubt, dass Frauen das einander antun!", platzt es aus mir heraus.

„Genau das ist das Problem." Jasmine seufzt. „Womöglich gehen unsere Geschlechtsgenossinnen anders vor, aber unter denen gibt es ebenfalls schwarze Schafe."

Ich schlucke. Wieder einmal fühle ich mich entlarvt.

„Männliche Verbrecher sind präsenter, und zahlenmäßig werden auch mehr Verbrechen von Männern verübt, was aber nicht bedeutet, dass Frauen keine begehen." Jasmine sieht von mir zu Terry. „Möchtet ihr einen Tee?"

„Ja", antworte ich. Weniger, weil es mein Wunsch ist, sondern eher um dieses Gespräch, das ich zunächst sacken lassen muss, zu unterbrechen.

Jasmine erhebt sich, und ich bin verwundert, wie unterschiedlich die rein optische Person, die mich immer noch an Pippi Langstrumpf erinnert, von der sprechenden ist. Denn dann erscheint sie mir knallhart und kalkuliert. Erneut mahne ich mich dazu, durch die optische nicht die sprechende Jasmine aus den Augen zu verlieren.

„Was hältst du davon?“, frage ich Terry, als wir alleine im Zimmer sind.

„Komme mir vor, als hätte ich angefangen, die Serie ‚How to get away with murder‘ zu schauen und wäre plötzlich beim Exorzist gelandet.“

„Verstehe.“ Ich streiche mir eine Haarsträhne hinter das Ohr. „Aber runtergebrochen auf die Fakten ist die Geschichte zwar unerwartet, aber nachvollziehbar.“

„Nur Matthews Bankraub, der passt für mich nicht da rein.“

Mein Blick geht in die Ferne, als ich nachdenke. Wieder beschleicht mich der Eindruck, die Antwort nahezu zwischen den Fingern zu haben und nur noch zupacken zu müssen.

Mit einem Tablett, auf dem eine Teekanne und drei Tassen stehen, kehrt Jasmine zurück. „Ist schwer zu glauben, die ganze Sache, oder?“ Sie stellt das Tablett ab und nimmt eine Tasse nach der anderen davon herunter. „Aber eines kann ich euch sagen. Der Podcast ist nur ein Hobby, doch ich nehme meine Sache ernst und prüfe die Informationen auch bestmöglich.“

„Das glaube ich dir“, sage ich, was der Wahrheit entspricht. Obwohl ich mich frage, inwieweit eine solche Überprüfung möglich ist? Schließlich stehen weder Jasmine noch uns die Mittel und Wege zur Verfügung wie zum Beispiel Bruce. „Möglicherweise habe ich eine weitere Quelle für uns.“

Kapitel 28

Bei meinem zweiten Besuch am nächsten Tag stelle ich fest, dass das Kloster der heiligen Maria Magdalena nichts von seiner Imposanz eingebüßt hat, und sehe in Jasmines und Terrys Gesicht, dass die meinen Eindruck teilen. Ebenso den Frieden, der die Luft an diesem Ort auf eine angenehme Art beschwert, als würde man davon umfangen.

Agnes und Nelly erwarten uns bereits sowie eine dritte Nonne, die ich noch nicht kenne. Ich vermute jedoch, dass es sich um Fiona handelt, mit der wir das Gespräch führen möchten.

„Wir müssen unser Konzert um eine Woche verschieben", sagt Nelly, als wir einander begrüßt und vorgestellt haben, wobei sich mein Verdacht, dass es sich bei der bislang unbekannten Nonne um Fiona handelt, bestätigt.

„Tatsächlich?" Ich hoffe, dass mein Bedauern echter klingt, als ich es empfinde.

„Aus einem positiven Grund." Nellys Augen strahlen. „Wir konnten das Ensemble erweitern oder vielmehr noch jemand dazu gewinnen."

„Ravi Shankar mit seiner Sitar?", fragt Terry.

Ich muss mir auf die Zunge beißen, um nicht zu lachen, und bin froh, dass die Nonnen Terry entweder nicht gehört oder nicht verstanden haben. „Wir notieren uns gleich den neuen Termin. Nächste Woche könnte es zeitlich aber schwierig werden." Es ist gemein, nicht gleich abzusagen, aber das bringe ich nicht übers Herz und hoffe, so vorbauen zu können.

„Es wäre wirklich schade, wenn Sie nicht kommen könnten. Ich bin mir sicher, dass es Ihnen gefallen würde", sagt Nelly und wirft damit ein trockenes Scheit in das Feuer meines schlechten Gewissens, das dort lodernd in Flammen aufgeht.

Als wir den Raum erreicht haben, in dem auch Nellys Jubiläumsfeier stattfand, nehmen wir drei und Schwester Fiona Platz, während Agnes und Nelly sich verabschieden. Obwohl ich die beiden Nonnen mittlerweile mag, bin ich froh, damit weiteren Gesprächen über das Konzert zu entgehen.

„Ich habe hin und her überlegt, wie viel ich Ihnen erzählen soll, aber mittlerweile befürchte ich, dass Nancy sich in Gefahr befindet, und Sie sagten ja, dass Sie gute Kontakte zur Polizei haben?" Schwester Fiona sieht mich an. „Vertrauensvolle Kontakte, bei denen sichergestellt wird, dass gut mit den Informationen umgegangen wird?"

Obwohl ich nicht genau weiß, was sie mir damit sagen möchte, nicke ich. „Mein Freund ist Detective Chief Inspector bei der Metropolitan Police und jemand, der seine Arbeit äußerst gewissenhaft verrichtet."

Fionas Blick ruht weiter auf mir, dann räuspert sie sich. „Dann hoffe ich, dass Sie ihr helfen können." Sie verschränkt die Hände auf dem Tisch, als wolle sie beten. „Nancy ist eine arme Seele, die unter Vortäuschung falscher Tatsachen oder“, sie stockt, kaut auf ihrer Unterlippe, „Nein. Vielmehr wurden ihr Ängste eingeredet, weshalb sie ihre Heimat verließ.“

„Die Philippinen?“, frage ich.

„Genau. Sie hat mir erzählt, dass sie dort glücklich gewesen sei. Ein einfaches, aber gutes Leben, bis zu ihrer Schwangerschaft. Sagt Ihnen die düstere Legende von Matruculan etwas?“

„Allerdings. Der Geist oder Dämon, der das ungeborene Kind einer Schwangeren fressen soll“, entgegnet Jasmine.

Fiona wirkt überrascht, so dass ich hinzufüge: „Wir haben uns bereits mit dem Thema auseinandergesetzt, und Jasmine sprach mit einer anderen Dame, die Nancys Schicksal teilt. Deshalb wissen wir, wie und warum die Frauen hierher gelockt werden.“

„Ich bin froh, nicht noch einmal durch die ganze düstere Geschichte zu müssen.“ Fiona betrachtet ihre Hände. „Kaum war sie im Land, wurde sie zur Prostitution gezwungen. Abscheulich, was Menschen einander antun. Das Schlimmste ist, dass Nancy das Kind kurze Zeit nach ihrer Ankunft in London verlor. Womit exakt das eintrat, wovor sie sich schützen wollte.“ Ihre Lippen beben, und für einen Moment befürchte ich, dass sie die Fassung verliert. „Sie hat mir erzählt, dass die Anführerin der Gruppe, diese Pamela und ihre Partnerinnen, sich auch hier als Hexen präsentieren und den Frauen Flüche androhen oder die Heimsuchung durch Geister wie diesen Matruculan, um sie gefügig zu machen. Reicht das nicht, haben sie auch andere Mittel.“ Sie schluckt geräuschvoll. „Doch zum Glück traf sie nicht nur auf Menschen, die ihr Böses wollten. Selbst in die größte Finsternis vermag der Herr einen Sonnenstrahl zu schicken. In Nancys Fall war das dieser Matthew."

Nun bin ich es, die um Fassung ringt, und sehe Terry und Jasmine an, dass es ihnen ebenso geht. „Matthew?", frage ich aufgeregt. „Matthew Williams?"

„Ja, das war der Name. Kennen Sie ihn?" Fiona sieht von ihren Fingern auf und mich an.

„Nein. Nicht wirklich. Aber wir hatten mit ihm zu tun und wissen, dass er in die", ich suche nach einem geeigneten Wort, „Geschäfte eingebunden war."

„Das trifft zu. Nancy hat mir aber erzählt, dass sie von Anfang an das Gefühl hatte, dass er es ungern tat und ebenfalls dazu gezwungen wurde."

„Wie?", fragt Terry.

„Nancy hat gesagt, dass er bei diesen Leuten Schulden hatte." Fiona berührt ihre Haube und zupft sie zurecht. „Matthew und Nancy kamen sich näher, verliebten sich ineinander. Schließlich wurde Nancy von ihm schwanger."

„Ist das erst kürzlich gewesen oder schon länger her?", frage ich.

„Bereits einige Jahre. Nancys und Matthews Sohn ist mittlerweile fünf."

Der Zusammenhang, nach dem wir gesucht haben, liegt jetzt in unseren Händen, und ich greife zu. „Er wollte fliehen mit Nancy, und dafür benötigte er Geld", wende ich mich an Terry und Jasmine.

„Sie wissen auch davon?" Traurigkeit liegt in Fionas Blick. „Dann wissen Sie auch von dem Bankraub? Obwohl, von dem wohl jeder weiß, der zu der Zeit die Times gelesen hat."

„Was ging schief?“, fragt Terry und rückt auf ihrem Stuhl nach vorne. „Oder vielmehr, weshalb ging die Sache in die Hose?“

„Matthew sollte Hilfe erhalten von einem Freund, einem James.“

„Norwood?“, frage ich.

Fiona zieht die Brauen zusammen, nickt dann. „Das war der Name. Genau.“

„Der Terminator“, wende ich mich an Terry und Jasmine.

„Geplant war, dass dieser James mit dem Fluchtwagen auf Matthew wartete, aber dann war er nicht da.“

„Das erklärt, warum Matthew mit der Beute nach Hause lief“, sagt Jasmine.

„Dennoch muss er darauf eingestellt gewesen sein.“ Ich reibe mir über die Stirn. „Das Versteck war sorgsam vorbereitet.“

„Wenn wir der Berichterstattung nicht folgen, die Matthew für ein bisschen minderbemittelt hielt, hatte er sicherlich einen Plan B“, sagt Terry.

Fionas fragender Blick dringt in mich und weckt Mitgefühl. Es ist nur fair, ihr nach den wichtigen Informationen, mit denen sie uns versorgt hat, etwas zurückzugeben. „Wir wissen, dass Matthew nicht mehr im Gefängnis ist, und seine Beute gefunden hat. Gut möglich, dass Nancy und er nun die Flucht nachholen, die sie bereits vor mehr als fünf Jahren geplant haben.“

„Ich hoffe, es geht alles gut.“ Erneut verschränkt Fiona die Hände, und dieses Mal würde es mich nicht wundern, wenn sie tatsächlich leise ein Gebet spricht.

Kapitel 29

Ich bin froh, dass wir uns nach unserer Rückkehr nach London von Jasmine verabschieden können, da wir ins Café müssen. Nicht nur für das Gespräch, sondern auch, da Terrys Lieblingsglaser noch Arbeiten an der provisorischen Tür vornehmen muss. Daher öffnen wir heute später.

„Ich muss unbedingt Bruce davon erzählen", sage ich zu Terry, als wir alleine auf dem Fußweg zum Café sind.

„Willst du ihn anrufen oder auf der Wache vorbei?"

„Persönlich wäre mir lieber."

„Dann mach das."

„Du kommst zurecht?"

Terry legt den Kopf schief. „Aber klar doch. Wie schon einige Male zuvor und wie du auch."

„Ich beeile mich."

So trennen sich unsere Wege. Von unterwegs schreibe ich Bruce eine Message, um sicherzustellen, dass er in seinem Büro ist und Zeit für mich hat, was er beides bejaht. Wie man sich doch in Menschen täuschen kann, denke ich. Es war einfach, Matthew, auch auf Grund seines Erscheinungsbildes, als skrupellosen Verbrecher abzutun. Mit den neuen Informationen hat dieses Bild nicht nur Risse bekommen. So, wie auch das seiner Blödheit. Wie passt der Terminator da rein?

Wollte er einfach helfen? Oder womöglich ebenfalls fliehen?

Ich bin froh, dass hinter dem Anmeldefenster die Beamtin sitzt, die mich kennt, und weiß, dass Bruce und ich ein Paar sind. So kann ich gleich zu Bruce' Büro durchgehen.

„Hey Sweetie, was gibt's?" Noch während er die Worte spricht, erhebt Bruce sich und kommt hinter seinem Schreibtisch hervor, um mich in die Arme zu schließen.

„Für was so ein bewaffneter Überfall doch gut sein kann", spotte ich.

Bruce hält mich auf Armeslänge von sich weg, um mich prüfend anzusehen. „Mach darüber keine Witze bitte. Ich bin immer noch froh, dass alles glimpflich ausgegangen ist."

„Genau aus dem Grund bin ich hier." Ich setze mich auf einen der freien Stühle, und Bruce nimmt seinen Platz hinter dem Schreibtisch ein.

„Dem Überfall?", fragt er, nachdem er sich in seinen Stuhl hat fallen lassen.

Und so erzähle ich ihm von unserem Treffen und den Informationen, die wir sowohl von Jasmine als auch von Schwester Fiona erhalten haben. „Dann wäre Matthew nicht der skrupellose und etwas dämliche Verbrecher, für den ich ihn gehalten habe", beende ich meine Ausführungen.

Bruce sitzt vornübergebeugt da, die Ellenbogen auf der Tischplatte abgestützt, während sein Kinn auf den geballten Fäusten ruht und sein Blick in die Ferne geht. Dann lehnt er sich zurück, nimmt einen Kuli vom Schreibtisch und dreht den zwischen den Fingern. „Die

Ermordung Norwoods hat etwas von einer Hinrichtung.“

Obwohl sich mir der Magen umdreht, wahre ich die Fassung. „Wieso?“, frage ich.

„Ihm wurde von hinten in den Kopf geschossen und dann seine Leiche in die Themse geworfen.“

Vor meinem geistigen Auge sehe ich die Szene, kann sogar den Knall des Schusses hören und muss mich beherrschen, nicht zusammenzuzucken. „Niemand hat etwas gehört?“

Bruce deutet mit dem Zeigefinger auf mich. „Sag ich doch, dass du eine gute Ermittlerin bist. Tatsächlich nicht, was die Verwendung eines Schalldämpfers vermuten lässt und ebenfalls auf eine kalkulierte Tat hinweist.“

„Wie eine Organisation sie vornehmen würde?“, frage ich.

Bruce nickt.

Ich runzele die Stirn. „Wenn James Norwood Matthew und Nancy damals nicht nur helfen, sondern mit ihnen abhauen wollte? Und das womöglich auch jetzt vorhatte?“

„Guter Gedanke. Und wenn seine Frau, diese Pamela, die Chefin des Kartells ist, wollte sie ihn sicherlich nicht ziehen lassen.“ Mit dem Kuli klopft Bruce auf die Tischplatte. „Die Frage ist nur, wie wir an diese Pamela herankommen. Wenn sie wirklich diese Position innehat, wird das extrem schwierig.“

„Vielleicht hätte ich eine Idee“, sage ich und freue mich, dass der Blick, den Bruce mir daraufhin zuwirft, sowohl Anerkennung als auch Neugierde spiegelt.

Kapitel 30

„Sollte es bedrohlich werden – selbst, wenn ihr nur ein ungutes Gefühl habt ..." Bruce sieht von Terry zu mir.

„... sagen wir das Codewort, und ihr eilt uns zur Hilfe", sage ich und beende damit seinen Satz.

„Mohnkuchen." Terry grinst. „Sollen wir nicht lieber so etwas wie ,Scheiterhaufen' nehmen? Passt doch besser."

Bruce schüttelt den Kopf. „Ein Safeword sollte ja gerade so gewählt sein, dass es zwar einprägsam ist, aber nicht völlig aus dem Rahmen fällt. Damit es den anderen nicht gleich auffällt."

Ich sehe zu Liz, die sich ein Auge mit roter Pupille auf die Stirn gemalt hat, und plötzlich kommen mir Zweifel, ob meine Idee tatsächlich gut ist. Vor allem, da ich mir bei Liz nie sicher bin, wie viel wirklich bei ihr ankommt und ob sie weiß, was ihre Aufgabe ist. Andererseits hätte Bruce dem Einsatz nicht zugestimmt, würde er nicht daran glauben, und außerdem haben wir schon ähnliche Aktionen gestartet und das ohne ein Sondereinsatzkommando der Metropolitan Police im Hintergrund, das auf unser Signal hin die Bude stürmt.

„Okay", sage ich und hoffe, dass es zuversichtlich klingt.

Terry und ich nehmen Liz in die Mitte, die heute ein Gewand in verschiedenen Rottönen trägt, so dass sie aussieht wie eine Flamme, vor allem, sobald sie sich bewegt. Die Haare sitzen außerdem und, als würde das noch nicht reichen, thront in der, zur Stirn hinausragenden, grau-weißen Haartolle ein Kaninchenschädel. Wie sie den da fixiert hat, entzieht sich meiner Kenntnis. Für dieses Treffen jedoch halte ich ein Mehr tatsächlich für mehr. Vom Ersteindruck, den sie von Liz gewinnen, hängt der Verlauf ab und ob wir unser Ziel erreichen.

Vom Café bis zum Soho Square, einem kleinen Park, an dem das philippinische Restaurant Kakain Na liegt, in dem das Treffen stattfindet, ist es nur ein kurzer Fußmarsch. Begleitet werden wir außerdem von Jasmine, die selbstverständlich unbedingt dabei sein wollte, um die Informationen aus erster Hand zu erhalten. Mich hat überrascht, dass Bruce dem unmittelbar zustimmte, jedoch scheint er anzunehmen, dass eine weitere Person unsere Sicherheit erhöht.

Wir müssen den Park halb umrunden, um das Haus zu erreichen, das mit der Bambusbepflanzung in holzverkleideten Blumenkübeln und einem kleinen Vordach aus demselben Holz eine exotisch-tropische Gemütlichkeit verströmt. Erneut kollidieren meine Vorstellungen mit der Wirklichkeit, denn ich habe mir einen düsteren Schuppen mit einem vor der Tür Wache haltenden Schlägertrupp ausgemalt.

Als wir eintreten, werden wir von einer jungen Dame empfangen. „Willkommen im Kakain Na, was auf Philippinisch bedeutet ‚Lasst uns essen‘. Haben Sie reserviert?“

„Wir sind hier mit Kadiliman verabredet. Sie können ihr sagen, dass Shenyen und ihr Gefolge da sind.“

„Gefolge?", raunt Terry mir zu, als sich die junge Frau zum Gehen gewandt hat. Das kurze Zusammenzucken, bei Nennung des Namens, der Pamela in ihrer Hexenrolle zugedacht ist, entging mir nicht. Wie ich gestern aus dem Internet erfuhr, bedeutet Kadiliman Dunkelheit. Wenn das mal kein gutes Omen ist, denke ich und verziehe die Mundwinkel zu einem sarkastischen Grinsen.

Terry, die jenes wohl als Antwort auf ihre Frage betrachtet, grinst ebenso. Kurz überlege ich, das Missverständnis aufzuklären, halte das jedoch für unwichtig, angesichts der Aufgabe, die uns bevorsteht, und der Aufregung, die nun, wie ein gut durchgeschütteltes Getränk mit Kohlensäure, das man öffnet, in mir hoch sprudelt.

Die Dame, die uns begrüßte, kehrt nicht zurück, dafür tritt hinter dem Vorhang, der im hinteren Bereich des Restaurants gespannt ist und wohl den Durchgang in die Räume dahinter abtrennt, ein Mann hervor. Den Gesichtsmerkmalen nach ist er philippinischer Herkunft, und mit dem breiten Kreuz und Oberarmen, die nahezu die Ärmel seines schwarzen Shirts sprengen, könnte er Boxweltmeister im Schwergewicht sein. Ich vermute, dass es sich um den Bruder Pamelas handelt, der die Schlägertruppe anführt.

Er baut sich vor uns auf, nickt mir mit strengem Gesichtsausdruck zu, um im nächsten Moment auf dem Absatz kehrtzumachen und Richtung Vorhang zu gehen. Ich werfe Terry einen Blick zu, die mit den Schultern zuckt, dann folge ich dem Kleiderschrank durch den leeren Gastraum.

Hinter dem Vorhang liegt ein Flur, von dem jeweils links und rechts Türen abgehen, geradeaus führt eine Treppe nach unten, auf der ich den Muskelprotz ausmache, der sich, mit ungeduldigem Gesichtsausdruck, zu uns umgedreht hat. Daher beeile ich mich, zu ihm aufzuschließen.

Mit jeder Stufe in die Tiefe nimmt meine Anspannung zu, und ich bete, dass das Abhörmikrofon, mit dem ich verkabelt wurde, damit Bruce und das Sondereinsatzkommando uns und vor allem die Verbrecherbande abhören können, auch hier unten funktioniert.

Die Treppe mündet in einen Vorraum, von dessen Stirnseite eine Metalltür abgeht. Der Schläger postiert sich daneben und verschränkt die Arme vor der Brust. „Was hast du in der Tasche?", fragt er, und ich möchte schon entgegnen, dass ich keine Tasche bei mir habe, als mir klar wird, dass er Terry meint.

Dass die ihren Rucksack mitgenommen hat, war mir nicht bewusst. Sie lässt den vom Rücken rutschen, öffnet die Klappe und holt eine unserer Kuchentransportboxen heraus. „Ein kleines Geschenk für unsere Gastgeberin", flötet sie.

Ob sie geplant hat, die Runde mit eingebackenem Schlafmittel oder einer anderen Substanz ins Land der Träume zu befördern? Dass ihr das bei verschlagenen Kriminellen gelingt, glaube ich nicht, will aber darauf vertrauen, dass Terry mal wieder einen Plan hat.

„Was ist das?", bellt der Wächter.

„Eine besondere Spezialität." Mit diesen Worten hebt Terry den Deckel ab und präsentiert einen unserer Cock Cakes. Bei diesem Modell hat sie sich wirklich

Mühe gegeben, ihm ein, sagen wir mal, „realistisches Äußeres“ zu verleihen.

Ich halte die Luft an, fürchte ich doch, der humorlose Boxertyp wird das als Provokation sehen. Stattdessen aber bricht der in Gelächter aus. Wie ein Gesichtsausdruck einen Menschen verändern kann, denke ich. Denn lachend wirkt der Schläger gar nicht mehr wie einer, sondern nahezu sympathisch.

„Das wird ihr gefallen“, sagt er und stößt die Tür auf.

Wir betreten einen Raum, dessen Anblick mir eine Gänsehaut verursacht. Vor meinem geistigen Auge ziehen Szenen aus Filmen mit satanischen Messen vorbei, für die ich als Jugendliche ein Faible hatte, obwohl sie mich meist zu Tode ängstigten.

Das Zimmer beherbergt in der Mitte einen steinernen Tisch, wie ein Altar, auf dem eine Statue hockt, die aussieht wie ein nackter Mann mit Widderhörnern, wobei anstatt eines Gesichts eine Spirale dargestellt ist, die in die Tiefe zu führen scheint. Der Anblick ist derartig beunruhigend, dass ich meine gesamte Willenskraft aufwenden muss, um nicht schreiend aus dem Zimmer zu stürmen. Langsam wird mir klar, wie sich Pamela die armen Menschen, die für sie Zwangsarbeit erledigen müssen, gefügig macht. Es ist leicht, alles als dummen Aberglauben abzutun, wenn man davon hört, aber etwas anderes, in diesem Raum zu sein und in die Spiral-Fratze dieser Kreatur zu starren.

„Da sind Sie ja!“, ertönt es von der Seite, und durch eine Tür, die ich nicht sehen konnte, da sie wie Wände, Boden und Decke des Zimmers schwarz gestrichen ist, tritt eine Lady ein. Bei ihrem Anblick weiß ich, dass Liz’

Outfit keinesfalls übertrieben ist, sondern Terry, Jasmine und ich diejenigen sind, die nicht in die Runde passen.

Die Frau trägt einen schwarzen Umhang, dessen Kapuze sie so tief in das Gesicht gezogen hat, dass ihre Augen nicht zu erkennen sind. Das Kleid darunter ist weiß und hat die seltsame Anmutung eines Nachthemds. Was Liz um den Hals trägt, hat die Dame um ihren Körper drapiert, wie die Lichterketten eines Weihnachtsbaumes, nur, dass die keine Gemütlichkeit verströmen, sondern Grabeskälte. Hängen daran aufgereiht doch kleine Totenköpfe und auf eine groteske Art deformierte Puppen, die mich an Voodoo-Puppen erinnern.

„Sie müssen Shenyen sein", wendet sich Pamela zunächst an Liz. Dass die für sie die einzig wichtige Person unserer Riege ist, dokumentiert sie im Anschluss, da sie für uns einzig ein kurzes Winken übrig hat.

„Sie haben ein Geschenk dabei", sagt der Wächter und deutet mit dem Kinn auf Terry, die daraufhin die Schachtel aus dem Rucksack holt.

Erneut überkommt mich die Schnappatmung, als Terry den Deckel lüftet, doch das Lachen, das ihr Backwerk seitens Pamelas erntet, beruhigt mich. „Stellen Sie den hierhin." Sie deutet auf den Altar neben die furchtbare Statue.

Terry tut, wie ihr geheißen. Hält einen Augenblick inne, als müsse sie die Position prüfen, um den Backpenis nochmals zu verschieben und dann zurückzutreten.

„Ladys, wie ich hörte, sind Sie an einem spirituellen Austausch interessiert?", fragt Pamela und wendet sich dieses Mal an mich.

„So ist es. Wir sind sozusagen das Beraterteam hinter Shenyen, unserer Führerin in die jenseitigen Welten." Innerlich atme ich auf, wie flüssig mir der auswendig gelernte Einstieg über die Lippen schlüpft.

Pamela zieht die Kapuze ein wenig zurück, so dass ihre Augen nicht mehr im Schatten liegen, was ihre Erscheinung weniger befremdlich aussehen lässt. „Beraterteam? So so." Sie beginnt, Liz zu umkreisen und dabei in Augenschein zu nehmen, dann positioniert sie sich neben dem Altar. „Eine Erweiterung unserer Glaubensgemeinschaft", bei diesem Wort läuft es mir eiskalt den Rücken herunter, „ist natürlich in meinem Sinne. Ich muss aber sicher sein, dass diejenige auch ihr Handwerk versteht." Pamela sieht uns der Reihe nach an.

Schon möchte ich fragen, was sie meint, da tritt Terry einen Schritt vor und damit aus unserer Reihe, die wir vor dem Altar gebildet haben. „Ich bin mir sicher, dass Shenyen das Auge öffnen kann. Haben Sie eine Feuerschale?"

Ob es eine gute Idee ist, in einem Kellerraum offenes Feuer zu entzünden? Die Frage ist berechtigt, jedoch ist klar, dass wir eine eindrucksvolle Demonstration Shenyens benötigen, um Pamela zu beeindrucken und unseren Einstieg in ihre Glaubenskongregation zu erreichen. Somit schlucke ich meine Bedenken herunter.

„Ethan?", wendet sich Pamela an den Wächter, der nickt und den Raum verlässt, um kurze Zeit später mit einer Schale wiederzukehren, die der von Liz nicht unähnlich ist.

„Shenyen?" Terry ergreift die Hände ihrer Großmutter, die heute insgesamt wie neben der Spur wirkt, was mir ein Ziehen in der Magengegend verursacht. „Öffnest du das Auge?"

Es ist, als würde Terrys Frage Liz dazu veranlassen, die ihren wirklich zu öffnen. Sie sieht sich um, als wäre sie soeben erwacht. „Kinder! Dieser Ort ist finster und bedarf zunächst der Lichtwaschung." Sie öffnet den Mund und stimmt einen Ton an, der an den Anfang der Raumschiff Enterprise Melodie erinnert, wobei Liz nur die ersten beiden Töne intoniert, diese dafür im steten Wechsel, was in meinem Kopf die Ansage: „Kein Anschluss unter dieser Nummer" ablaufen lässt.

Wie ein Storch durch dichtes Gehölz stakst Liz durch den Raum, weiterhin die Töne von sich gebend, während ihr Kopf dem eines Wackeldackels auf einer im Schleudergang befindlichen Waschmaschine gleicht. I-Tüpfelchen dieses Tanzes ist der Kaninchen-Totenschädel, der ihre grau-weiße Haartolle reitet wie eine perfekt brechende Welle im Atlantischen Ozean.

Pamela und Ethan sehen ihr durchaus interessiert und in keiner Weise verwundert zu. Dieser Raum war bereits Schauplatz ganz anderer Darbietungen, schwant mir.

Nach einigen Runden hat Liz den Raum wohl ausreichend Licht gewaschen und wendet sich der Schale zu. Auch dieses Mal kann ich nicht ausmachen, woher sie das Feuer holt. Womöglich verbirgt sie in den Ärmeln ihres Gewandes einen kleinen feuerspeienden Drachen? Eine Vorstellung, die angesichts dieser absurden Szenerie, einer Hexe, die ein wenig so aussieht wie ein Jedi Ritter im Schlafrock und einer Priesterin mit pyromanischer Neigung, wenig abwegig erscheint.

Dieses Mal werden auch Pamela und Ethan in den Kreis der Harmonie einbezogen. Liz zieht alle Register. Schlängelt sich in sämtliche Richtungen und gibt Laute von sich, die ich fremden Wesen unter ihrer Kutte zuspreche.

Am Ende des ganzen Zirkusses nickt Pamela anerkennend. „Ja, das zieht die Leute in ihren Bann", bemerkt sie nüchtern, was in komischem Kontrast zu Liz' Darbietung steht.

Endlich wittere ich die Chance, das Gespräch auf das eigentliche Thema zu bringen. „Natürlich kann Shenyen das Auge öffnen und so Verbindungen zu jenseitigen Welten herstellen, wir sind aber auch an Geschäften in dieser Welt interessiert."

Pamela hebt die Brauen, sagt aber nichts.

„Menschen, die an etwas glauben oder Angst haben, lassen sich zu Dingen überreden", sagt Jasmine. Nahezu habe ich vergessen, dass sie da ist.

„Überreden?", fragt Pamela, und ihr ist anzuhören, dass sie weiß, worauf wir hinaus wollen.

„Manche Dinge müssen erledigt werden. Geschäfte", sagt Terry. „Wir haben gehört, dass Ihre Geschäfte gut laufen. Sogar sehr gut. Und wir möchten von Ihnen lernen."

„Woher wissen Sie das?", fragt Pamela.

Mir stellen sich die Nackenhärchen auf, denn wie sich ihre Augen dabei verengen, verrät mir, dass sie etwas ahnt. Ich sehe zu Jasmine und Terry herüber, erblicke die gleiche Erkenntnis in deren Gesichtern. Stehen wir im Auge eines Sturms, der uns jeden Augenblick fortreißen wird?

Die Tür, durch die auch wir in den Raum kamen, wird aufgestoßen. Zwei Kerle, kaum weniger imposant als Ethan, treten ein. In ihrer Mitte ist ein Mann, der nicht nur deutlich kleiner und schmächtiger ist, sondern von den beiden mehr getragen wird, als dass er selbstständig läuft. Sein ramponiertes Gesicht verrät, dass er bereits Bekanntschaft mit den Fäusten der Typen machen durfte.

„Sorry, Chefin. Wir dachten, hier wäre frei. Das ist der Kerl, der uns verpfeifen wollte", sagt einer der Kerle.

Pamela starrt erst ihn, dann uns an, und ich weiß, dass wir nur noch Sekundenbruchteile von der ersten Orkanböe entfernt sind.

„Macht die Augen zu und haltet die Luft an", zischt Terry uns zu, und bevor ich fragen kann, warum, erblicke ich in ihrer Hand eine Art Fernbedienung, auf deren Knopf sie drückt.

Ein Knall ertönt, und ich bin mir sicher, dass jemand aus Pamelas Team, womöglich sogar sie selbst, eine Waffe gezogen hat, um uns zu erschießen. Tatsächlich trifft mich etwas, und ich zucke zusammen. War es das jetzt? Bin ich tot?

Mein Blick fängt die Stelle ein, und ich sehe, dass ein Teil der Penistorte an meiner Jeans klebt. Als ich aufschaue, muss ich die Augen zukneifen, die furchtbar brennen. Jetzt erst verstehe ich, warum Terry uns den Hinweis gab. Es muss irgendetwas sein, was sie in den Kuchen eingebacken hat. Meine Augen werden von Tränen geflutet, und ich bläue mir ein, die nicht mehr zu öffnen, selbst den Atem anzuhalten, wie Terry uns angewiesen hat.

Plötzlich fällt mir etwas ein, und ich rufe so laut und deutlich, wie es geht: „Mohnkuchen! Mohnkuchen!" Blind taumele ich umher. Renne gegen jemanden und falle schließlich hin. Ich krieche voran, muss, als mir die Luft ausgeht, einatmen. Es ist, als ob mir jemand Säure in die Kehle geschüttet hätte. Ich keuche, ringe nach Luft. Höre Rufe und Husten. Dann verliere ich das Bewusstsein.

Kapitel 31

Niemals hätte ich geglaubt, froh zu sein, auf ein Flötenkonzert gehen zu können. Und doch höre ich nicht auf zu grinsen, als wir eine Woche nach unserem Showdown im Hexenkeller im Kloster der heiligen Maria Magdalena sitzen.

Bis auf eine Reizung der Atemwege und Bindehäute, wegen der wir eine Nacht in der Klinik verbringen mussten, kamen wir alle glimpflich aus der Sache heraus. Wieder einmal hat eine verrückte Aktion Terrys uns vor größerem Schaden bewahrt, denn Pamela und ihre Schergen waren bewaffnet, und wer weiß, zu was sie fähig gewesen wären. Auf Basis der Konfettipatrone platzierte Terry kurzerhand eine mit Cayenne-Pfeffer in dem Kuchen, die sie mit der Fernbedienung in die Luft gehen ließ. Ausgerichtet in die Richtung unserer Widersacher und mit ihrer Vorwarnung, waren die Auswirkungen für uns deutlich weniger ausgeprägt als für die Filipino Witch und deren Gefolge.

Zwar stürmten Bruce und die Spezialeinheit, nachdem ich das Safeword gerufen hatte, das Gebäude, aber natürlich verstrichen einige Minuten. Und die hätten schon reichen können.

Bruce meint, dass es dauern wird, bis Pamelas Verbrecherring ausgehoben ist, aber zumindest kann die Aufklärung beginnen. Neben Jasmines Quelle Jenny sagt auch der Unglückselige, den die beiden Schläger in den Keller verbrachten, aus.

Wir stehen auf, als sich uns Abbey nähert. „Von euch hört man ja wieder Sachen!" Sie fällt mir um den Hals. „Gott seid Dank geht es euch gut."

„Da bin ich auch froh."

„Was ist denn genau passiert?"

„Erzähle ich dir später", entgegne ich und deute auf den freien Platz auf der Bank neben mir, auf den Abbey sich fallen lässt.

Ich wende mich Bruce zu, der links von mir sitzt. „Gibt es Neuigkeiten von Matthew?" Schwer zu glauben – dennoch habe ich meine tägliche Frage heute noch nicht gestellt.

„Nein! Aber wir sind weiter dran. Ich hoffe, dass er von Pamelas Verhaftung Wind bekommt und dann seine Flucht abbricht. Wir könnten seine Aussage und auch die seiner Freundin gut brauchen."

„Hey. Ich hätte nicht erwartet, dich hier zu sehen."

Noch bevor mein Blick die Quelle der Aussage einfängt, weiß ich, dass ich die Stimme kenne. Ich schlucke trocken, als ich in die grünen Augen schaue. Nur wenige Wochen sind vergangen, und dennoch fühlt es sich an, als lägen Jahre dazwischen. „Conor", krächze ich und muss erneut schlucken. „Was?" Mehr bekomme ich nicht heraus.

„Ich schreibe einen Bericht über das Kloster, und Schwester Nelly meinte, ich soll doch auch etwas über das Konzert schreiben."

„Wie schön." Die Worte sind so spröde, dass sie zu zerbröseln scheinen, kaum dass sie meinen Mund verlassen haben. „Wie unhöflich von mir", sage ich dann und bin froh, dass meine Stimme etwas fester klingt. „Conor, das ist mein Freund Bruce." Die beiden Männer, die noch bis vor kurzem um mein Herz gekämpft haben, schütteln einander die Hand.

„Und das ist meine Freundin Abbey."

Das darauffolgende Händeschütteln gerät anders als das zwischen den Herren zuvor, was daran liegt, dass die beiden einander tief in die Augen schauen. Bilde ich mir das ein, oder kann ich förmlich sehen, wie die Funken fliegen?

„Ist neben dir noch frei?", fragt Conor Abbey.

„Ja, klar!", entgegnet die, um energisch auf den freien Platz neben sich zu klopfen.

Nein, sag ich mir, das hast du nicht falsch gesehen und schmunzele.

Das Nonnenquartett tritt vor das Auditorium, und ich erwarte eine strenge Ansprache Schwester Edith', doch stattdessen kommen zwei weitere Damen hinzu. Ich traue meinen Augen kaum: Es sind Phyllis und Audrey, die auch bei Norahs Beerdigung gesungen haben. Womöglich wird das hier anders als erwartet?

„Wir neigen dazu, an Dingen festzuhalten und versperren uns häufig Neuem oder etwas, das anders ist als das Bekannte", sagt Schwester Nelly. „Dabei zeigt der Herr uns jeden Tag, dass seine Schöpfung im ständigen Wandel ist. Die Welt ist nicht statisch und unveränderlich, sondern im ständigen Fluss. Schubladen und Kategorien sind menschengemacht, in der Natur gibt es keine Grenzen, sondern nur fließende Übergänge. Deshalb haben wir uns entschieden, auch etwas Neues zu wagen." Nach diesen Worten winkt Nelly in den Bereich, der hinter uns liegt.

Ich fahre herum und sehe eine Nonnenschar, die etwas durch den Mittelgang nach vorne trägt. Mir klappt der Kiefer herunter, als ich erkenne, dass es sich um ein Schlagzeug, Keyboard, E- und Bassgitarre handelt, die vor uns, nebst Lautsprechern, aufgebaut werden.

„Sorry, das dauert noch einen Augenblick. Aber ich wollte gerne dieses Überraschungsmoment haben und den Ausdruck in Ihren Gesichtern genießen." Nelly lacht, und die Zuhörerschaft stimmt ein.

Dass ich erleben würde, wie „Sister Act" real wird, hätte ich nicht zu hoffen gewagt. Alles andere, als dass die vier Nonnen und natürlich Phyllis und Audrey rocken, wäre untertrieben. Die sechs brennen ein wahres Feuerwerk ab, wovon jeder Funke auf uns überspringt. Voller Freude sehe ich, wie Conor und Abbey einander immer wieder Blicke zuwerfen und miteinander sprechen.

Das Konzert ist fast zu Ende, da sehe ich aus dem Augenwinkel, dass Conor und Abbey von mir wegrücken. Kurz darauf stolpert in geduckter Haltung Terry in die Reihe und lässt sich neben mir auf die Bank fallen. „Sorry", flüstert sie.

„Wo warst du denn? Ich habe ein paar Mal versucht, dich anzurufen?", frage ich.

„Philipp", sagt sie, und die Miene, die sie dabei präsentiert, sagt alles und muss nicht weiter kommentiert werden.

Ich greife Terrys Hand, und als die Nonnen-Band „That's what friends are for" anstimmt, legen wir schunkelnd die Arme umeinander. Ja, denke ich, das ist es, wofür Freunde da sind: Damit man einander in den

Tiefen stützen und auf den Höhen miteinander tanzen kann.

Es sind die Menschen, die dein Herz gewonnen haben, deine Familie.

Danksagung

Kein Text, schon gar nicht ein Mehrteiler wie die *Poison Bakery*, ist das alleinige Werk eines Autors. Ich darf mich glücklich schätzen, fähige, talentierte und engagierte Menschen an meiner Seite zu wissen, die mich, jeder auf seine Art, bei diesem Projekt unterstützt haben:

Besonderer Dank gilt meiner Agentin Alisha Bionda. Nicht nur für die Vermittlung, sondern auch die konstruktiven Gespräche und fortwährende Unterstützung. Ohne ihren Anstoß hätte ich den Schritt ins Cosy Crime Genre, (wie auch in einige andere) nicht gewagt. Menschen wie sie, die Türen nicht nur öffnen, sondern diese auch für einen offen halten, sind selten und kostbar.

Meiner Lektorin Daniela Guse, die es versteht, dem Text durch ihre Anmerkungen und Vorschläge den Feinschliff zu verpassen. Ich habe viel gelernt und freue mich darauf, auch in Zukunft weiter dazu zu lernen.

Dem Team von dp Digital Publishers und insbesondere Stephanie Schönemann danke ich, dass sie an mich und die Poison Bakery geglaubt und den Weg begleitet haben.

Ich freue mich auf die weitere Zusammenarbeit.

Besonderer Dank an meine Familie und Freunde, insbesondere meine Mutter, deren Unterstützung ich mir stets sicher sein kann.

Herzlichen Dank an meine Leser. Ohne euch könnte ich nicht das erschaffen, was ich liebe: Neue Welten voller Figuren, die uns zum Lachen, Weinen und Mitfiebern anregen und natürlich Freaks, die uns daran erinnern sollen, wie bunt, unterschiedlich und wunderbar unsere Welt ist.

Vergesst nicht, euren Freak mit uns zu teilen!